倾听光的声音

周西西 著

浙江工商大学出版社
ZHEJIANG GONGSHANG UNIVERSITY PRESS

·杭州·

图书在版编目（CIP）数据

倾听光的声音 / 周西西著. —— 杭州 : 浙江工商
大学出版社, 2024.6. —— ISBN 978-7-5178-6076-1

Ⅰ.I227

中国国家版本馆CIP数据核字第2024NJ0624号

倾听光的声音
QINGTING GUANG DE SHENGYIN

周西西 著

责任编辑	张晶晶
责任校对	韩新严
封面设计	尚俊文化
责任印制	包建辉
出版发行	浙江工商大学出版社
	（杭州市教工路 198 号　邮政编码 310012）
	（E-mail：zjgsupress@163.com）
	（网址：http://www.zjgsupress.com）
	电话：0571 - 88904980,88831806(传真)
排　　版	尚俊文化
印　　刷	浙江全能工艺美术印刷有限公司
开　　本	889 mm×1194 mm　1/32
印　　张	8.125
字　　数	169 千
版 印 次	2024 年 6 月第 1 版　2024 年 6 月第 1 次印刷
书　　号	ISBN 978-7-5178-6076-1
定　　价	78.00 元

序

✦

"独自走在月光里……"

伊 甸

　　周西西是一个把村庄和田野扛在肩上的诗人，这既是他西西弗斯式的宿命，也是他生命和灵魂的自我救赎。西西给诗集取了《倾听光的声音》这样一个带有虔诚、谦卑、自省意味的书名，这跟他的人格形象无意中形成了某种高度吻合。

　　神说"要有光"，就有了光。一个诗人要让自己的生命、灵魂和他创造的诗篇中有光，他的生命、灵魂、诗篇中就有了光。在西西的诗歌中，光几乎无处不在，这些或明亮或微茫或闪烁不定的光，都是从他的生命和灵魂深处自然而然涌现出来的。这些光在照耀他自己的同时，也照耀着我们这些缺少光而又渴望光的读者。

　　西西相信光是仁慈而悲悯的，因此他对光充满敬意，"阳光从云隙漏下来。/树叶、水洼、风声、鸟鸣……它们从未被光遗弃""我始终相信，每一种光都不是空心的/每一种光，都应该仰望"。但需要光的人和事物太多了，光常常顾不过来："走在默不作声的夜里，我也是黑的/这么多年，我还没邀请到一个人／来到我体内点灯……"这样的时候，我们需要耐心地等待，"夜幕将临，你就歇一会／等那个扯幕的人，献出灯光和月亮"。或者，我们不再等待，我们自己来创造光："在窗上画一片光，天就亮起来／生活固然短斤缺两，又／何必跟时光讨价还价？"在艰难坎坷的人世生活中，在没有光的那些幽暗的时刻，西西一直在等待光，寻找光，创造光。他用自己的耐心与豁达等待着光，用自己的真诚与信心寻找着光，用自己的顽强和智慧创造着光。

西西热爱阳光、月光、灯光、烛光、萤火虫的光……其中他最爱的是月光。这本诗集中，他无数次地写到月亮和月光，用月亮和月光作题目的诗篇就有：《抬头看见月亮》《两个月亮》《云层后面的明月》《在水里养一个月亮》《独自走在月光里》《月光寂静》《岁末书：我像月光爬上山冈》《深夜，街头的月光》……这些诗中，给我留下印象最深的是《抬头看见月亮》这首诗：

晚饭后，绕湖散步。抬头看见月亮
月亮照着不明来路的流水
也照着醉醺醺的草木
月亮照着加班的虫鸣，照着我前方的未尽之路
月亮给我高高低低的祖国
披上银亮的外衣

这些年来，我一直
绕着生活的局部转圈。我掸落了头发上的月光

却没有阻止
月光在某一瞬间突然渗入我的身体
像一剂消炎药水

月亮高悬，沉默地
照耀两种人：容易迷路的，行色匆匆的
它难以找到的
是在阴影里捂嘴痛哭的人

　　西西在诗歌中毫不掩饰地呈现着人世生活的真相：孤独、迷茫、痛苦……但是他不需要同情，因为月光已经拯救了他："月光在某一瞬间突然渗入我的身体/像一剂消炎药水。"这个出人意料的奇妙比喻，让我想到艾略特的名句："黄昏铺展在天际，像一个上了麻药的病人躺在手术台上。"西西的想象方式也许受到了艾略特的启发，但并不是对艾略特的模仿。这是西西的悟性和想象力结合而迸发出来的独特创造。西西的这句诗既有让人眼前一亮，甚至心灵为之震颤的艺术效果，又有发人深省的启示力量。
　　西西写月亮和月光的精彩诗句还有很多："有那么一瞬，我以为成群结队的光/在赶路""除了光与爱，没有什么别的事物/还可以在黑暗中闪亮""除了那些搬运粮食的蚂蚁，还有谁/迎着形而上的光，一条路走到黑？""那个被谁锯掉一半的月亮，散发着清冷的银辉/这么多年，它终于没能逃出人间""谁把月光溶入血中，谁就不必掌灯"……西西不由自主地写下了大量吟咏月亮和月光的诗篇，这是源自他内心深处对既散发明亮的光芒又保留仁爱、温柔、谦卑、纯粹、洁净品质的事物的向往和钟爱。从这些诗篇中，我们可以洞察到西西的精神世界，以及他的诗歌中那种内在的力量。

有一首写月光下的蚂蚁的六行短诗，题目是《亲爱的蚂蚁》，看起来很简单，读过之后却让人心头一惊，"夜雨过后/一只蚂蚁走在逃亡的路上/一只蚂蚁走在报丧的路上/月光时而皎洁，时而昏暗/大地上/两只蚂蚁获得伟大的照耀"。逃亡和报丧这两个细节的选择，在这首诗里起着至关重要的作用，从而使"伟大"这个词的出现不仅不显得突兀，反而使整首诗像一座塔一样挺立了起来。

西西写光的诗篇，很少写早晨和正午的太阳光，却有不少写落日和落日的光芒。

这可能跟他喜欢写月亮和月光的心境有关。落日也是温和、谦逊的，它可能比月亮多了一层令人惶恐和忏悔的意味，"如果落日是一驾马车，它带着与生/俱来的晴朗和谨慎/去赴一场云层的晚宴""一觉醒来，已近黄昏/眼前有奢阔的寂静/落日承受了一天的重量，把自己/放进汹涌的倒影/像一个句号，在病句的末尾也恪守本职""那么多的落日，总在下一个路口摇晃"……这种谨慎、惶恐和忏悔，不仅仅属于周西西，也属于我们每一个人。所以西西的这些诗往往能轻车熟路地走入我们的内心深处，在那里掀动绵绵不绝的波浪。

但落日毕竟也是太阳，落日的光毕竟是阳光的一种，所以——

我看见下午缓慢地转过身去，光

完整地照到了我们，

落日如铜镜，仍需仰望。

　　月亮和落日以它们特殊的光芒照耀着人性和现实中的
幽暗，它们通过周西西的诗给我们带来意味深长的启示和
抚慰。

　　周西西写月亮、落日、星星、雨水、树木、石头、
鹰、蚂蚁、蜻蜓……并未把它们写成传统意义上的咏物
诗，他的目的不是吟咏它们，或者通过它们阐发一些人所
皆知的哲理，而是借助这些形象来写出自己那些沦肌浃髓
的生命体验，以及有着强烈疼痛感的内心感受。他写雨的
那些诗几乎写到自己的骨头里去了，"大雨像一条条鞭子，
拷问我们的良知/不应该/只有一场赴死的大雨，才触及道
德和良知的底线""这雨从唐朝下到现在，仍不负责/稀释
人间悲苦""下了那么多雨，天空会不会更空/湿透的山
丘，有没有让大地变得更沉重""雨敲打着屋顶、树叶和
大地/像无数人奔跑着气喘吁吁的脚步/但云朵，永远在高
处飘飞"……这些诗句是沉重的，有时让我们感到沉重得
透不过气来。这些诗句承载的不是个人的命运，而是总体
意义上的人的命运。西西诗歌的可贵之处就在于他的诗从
个人的境遇和感受出发，却不局限于个人的喜怒哀乐，而
是站在"人"的立场，凸显出人的悲悯，人的尊严。

　　西西另有一些写雨的诗显得更温和而宁静些，但内在
的意味仍然醇厚而浓烈，"这么多年，我把得到的雨水/

序　『独自走在月光里……』

用以清洗回乡的路，使之整洁、明亮/也便于通向更远的地方""更多的雨使人盲目，雨带走方向和终点/那被挥霍和辜负的，又岂止/耐心、热情与勇气？""而暴雨突如其来，石头上溅起形而上的火星/仿佛生活就是如此，充满/矛盾和不确定性"……我们对大雨小雨司空见惯因而不为所动，雨却给西西带来那么大的驰骋思想和想象力的空间，仿佛这一场场雨都是西西的无穷无尽的精神源泉。

西西已不再年轻，他已历经沧桑，但越是洞察这个波谲云诡的世界，他越是对人和万物怀抱慈悲温暖之情。西西的诗，常有让人感动之处：爱、怜悯、关怀，源源不断地从他笔下涌出来，"护城河刻板，一心只往东流，它用鱼鳞状的反光/搂住两岸高高低低的房子/那些明明灭灭的光啊，都像我的亲人""在不断逼近又后退的记忆里，让雨点打在身上/我认领它们做我下半辈子的兄弟/把这件湿漉漉的事情当成孤独的热爱"……在一首题为《暮色中》的诗里，西西写自己在乡亲们中间所感受到的宁静和幸福：

多么奢侈——

在黄昏，在村子里，我获得久违的宁静

云朵从天边飘来，仿佛慢腾腾归圈的羊群

一百个父亲打酒回家

一百个母亲坐在土灶后生火

一万里和风浩荡

看啊，炊烟举着庄户人家的热气

往高处飞，代替我们问候那些成神的先人

黄昏，在村子里，麻雀的叫声顺着瓦楞滑下来

左边两棵银杏，右边是盘槐

我像一株幸福的樟树，闻着自己的木香

一百亩莲塘荷叶飘摇

一百个少女含羞欲放

一百万吨月光即将平分给世上万物

一切爱与恨，都变得云淡风轻

这样的时刻，我远离孤独，获得持久的安宁

　　整首诗的字里行间流淌着河水般清澈而又温柔的情意，这是西西从灵魂深处涌出来的真实情感。"一百个父亲""一百个母亲"——西西写下这样的句子时，我相信他是把村子里的长辈都当作了自己的父亲母亲。生活在善良、仁慈的乡亲中间，西西感觉自己"像一株幸福的樟树""远离孤独，获得持久的安宁"。

　　中国的当代诗歌中，很少见到具有谦卑品质和忏悔意识的作品。这样的作品我以前只在杨键的诗歌中见到过，他的《惭愧》给我留下了深刻印象："我零乱的生活，愧对温润的园林，/我噩梦的睡眠，愧对天上的月亮，/我太多的欲望，愧对清澈见底的小溪，/我对一个女人狭窄的爱，愧对今晚疏朗的夜空……"在周西西的诗集中，我终于见到了更多的具有谦卑品质和忏悔意识的作品，比如他的《河流》："已经是深秋。/大雾汹涌，漫过村庄、街灯、爱情和睡眠，/橡皮在纸上擦去书写的痕迹……仿佛大梦初醒，未知/今夕何夕。/对不可回头的来路，怀有愧疚之心。"比如他的《荡湾河》："……说出这些的时候，/雨水从地

里冒出来，徒劳地擦洗//我的羞愧，/我的哀伤。"还有他的《冷咖啡》，"只要一记起大海汹涌，我就心生羞愧"……一个懂得羞愧的人，一个具有忏悔意识的人，是值得敬重和信任的。羞愧和忏悔是这个时代极其缺少的品质，这种品质的缺少给一个民族在精神上带来的巨大伤害，是怎么估量都不过分的。因此在这一点上，周西西的诗向我们显示出它在中国当代诗歌中的独特价值和重要意义。

在艺术表现上，那种天马行空的想象力和独出机杼的创造性，使他的许多诗具有深入读者心灵的魅力。比如《那些锈》这首诗，出人意料的构思不仅牢牢吸引了读者的眼球，而且牵引着读者一步步走入某个深邃而奇异的思维境界：

除了钢与铁，还有很多物质会生锈。
木头的锈是从里面往外长，
锈到锈无可锈时，一小块一大块松垮的皮
从身上脱落下来。
水也会生锈。水锈是肉眼可见的沧桑，
长在渔夫的脸上；
他的双手，已经锈得迟滞，像那把
落在机舱外的扳手，牙口僵硬。
——这样的表述，也可以延伸理解为：
人，在不同的环境，生出不同的锈。

青苔爬上石埠，石头也会生锈。
水泥厂墙外的草木也会生锈。

在夜晚，如果你看到一颗不闪的星星，那是它
被锈迹蒙住了眼。
清明一场雨，是喷向人间的除锈剂，
仿佛世上万物都已生锈。

秋天深了，鸡鸣寺的鸡鸣黯淡，似乎被锈住了嗓子；
菩萨端坐在大殿里，身上长满灰尘和蛛网的锈迹。
秋天深了，那遍地落叶，秋天也生锈。
秋天深了，大雁从北方飞起，一路擦拭天空的锈。
秋天深了，她给我寄来过冬的衣物，
爱从来不会生锈。

这首诗抓住"锈"这个关键字，衍生、拓展、深入……执着而又智慧地闯入一个个陌生领域，一次次让读者惊讶不已而又拍案叫绝。这一个胜过一个的神奇意象，不仅仅是作者特意追求的语言的陌生化、想象的天马行空，更是一种思维的惊世骇俗和精神层面的石破天惊。这是一首有着海啸般气势和闪电般启示的优秀诗作。

西西的很多作品显示着他不同凡响的奇思异想，比如《一条咸鱼》："……咸鱼不知道自己是咸鱼，弓身/保持起跳的姿势。/半开半合的嘴里，含着大海的咸涩和风暴。"比如《蝉鸣高悬》："八月，午后。我面壁而坐，在嘶竭如泣的蝉鸣中/反手抱住自己/深情而用力的姿势，如同抱着一个/久未谋面的兄弟。"又比如《树叶擦响了风》："每片叶子里，都翻腾着一条秘密的河流。//树叶在大地投下阴影。关于更多嘈杂的呼声，我将之定义为/一场'毫无纪

律的圆桌会议'……"诗歌写作是对一个人的想象力和创造力的严峻考验，西西无疑是一位有着非凡想象力和旺盛创造力的真正的诗人。他在离杭州湾不远的乡村宁静地写作，孤独地写作，虔诚地写作。他在锲而不舍的写作中获得灵魂的净化和生命的升华——

再下一场雨，我的身上

也将慢慢抽出嫩芽

我的体内，因此生出翠绿明净的品德

2024-5-20—2024-5-22

◇ **伊 甸** ◇

中国作家协会会员，曾任浙江省作家协会诗歌委员会副主任，原嘉兴学院（现嘉兴大学）写作老师。出版诗集、散文集、小说集等十多部，作品入选数百种选本。荣获西南大学中国新诗研究所和《诗选刊》《诗潮》《当代诗人》杂志联合授予的2021·第四届十佳当代诗人荣誉称号。

目 录

第五辑

此时此地，此刻深情

第六辑

生活课：水云间

第一辑

生活课：孤独与温暖

草地上的蜻蜓

像一截挣脱身体的草，突然
有了凌空的欲望。然后
它飞起来，沿着未被规划的航线
低低地飞，目光擦过更多
生长与凋谢，也看到了远处暮色低垂

在此之前，青草青，蜻蜓轻
这只蜻蜓停在草叶上，低头的样子
像在吃草。它吃草的样子
像春天多出来的一部分，被风
吹着，微微晃动

2019-03-10

蝉

蝉在哪一天脱下自己的身体，把声音
种到地里？
我们听见那寂静，黑暗、潮湿，

仿佛
乌有之乡寄来不安的沉睡。

用树枝撬开记忆的盛夏，
那一个个嘹亮而悠长的伤疤，
像争先恐后的花朵。
还有比时间更长的路吗？

少年打马而来，似归人，似过客，
似倾听。

2022-11-22

出博物馆记

黄昏，博物馆使人行走艰难，
像一只深腹陶罐，被抽空了力气。

在梦里我死去不止一次。
清晨，和古老的阳光一起复生，
出土新鲜鸟鸣。

给生活喂一把铜钱，沙漏便不能计量时间。
看那个羞愧的陶俑——
隐忍，保持完整与体面。

我记得它那眼神！

2017-07-19

春天的病人

仰望蓝天的人正被蓝天俯视
风吹散云朵，看起来
这蓝仿佛碎裂的一块破布

阳光饱满，大地显露出一点点春天的样子
有人出生，有人老去，有人
用零下一度的悲伤，压制命里的炎症

桃树虚虚摁住身体里的蓓蕾
它不知道，小剂量的花朵
不足以叫醒一个春眠不觉晓的人

二月忍住了开花，却没有忍住雨水
二月是一把刀，剖开白日梦的隐痛
二月不是我身侧的河流，可它通向远方

2020-02-20

冬日，一只灰雀的鸣叫

阳光响亮

解冻冰封数日的鸟鸣

循声望去，一只灰雀站在枝头，四处张望

像一片举目无亲的叶子

被风吹得飘摇

它那么小，叫声毫无节奏

也没有押韵

我只看到它每一声鸣叫都向着蓝天，似乎怀有

高飞之心

如果这是一片深海，它是嘴里

含着泪水的鱼

舍弃抒情与赞美，用盐擦拭嗓子和骨头

把淹死的月亮送上水面

而我仿佛是另一条鱼
只要一开口，心里就突然响起
持续的鸟鸣和涛声，仿佛
我即将替它远行

2021-01-09

抚　慰

广场上，排到下午三点的队列
在等待什么？
要把隐藏在人群里的自己找见，是不容易的。

有人把手插在裤袋里画风，写字，列公式
计算静默落在时光中的阴影面积，
远处落叶的枝头，结着凛冽鸟鸣。

我站在两点五十分，想起做错的一些事情。
是教训也是经历，比如
匿名而随意走动会被批评，而等待总是略显漫长。

醒着做梦，也许是时间犯下的过错。如果
有条小河流经身体
尽管缓慢，但也不足以抵抗流逝。

阳光温暖且柔软，散发着棉花的气息。

从混凝土表面找出时间的倒影，也是不易的。

是谁在暗暗使劲，筹谋发芽。

对刷新的世界做一次葳蕤的赞美。

2022-12-15

孤独与温暖（组诗）

薄 秋

蝉翼褪去暑热，我依稀听到闪亮的嘶叫
滑向时间纵横的深处

钟摆锈住了局部的寂静
灯光和风，都是旧时模样

有叶落，蜻蜓飞舞
有秋水喧哗，如盛宴

后来，夜色如涨潮
应有月色微凉。还可以独饮

2019-11-14

大　船

我看到的，是一块钢铁载着一群钢铁
慢慢游过盐嘉塘
像一条拉链剖开水面
它载着声音、废气、星光和黑
我还看见它满载着空，以及堆积在空里面的
黑、星光、废气和声音
沿着去路返回
在盐嘉塘，在更宽阔的江海
空心的钢铁
铁心的钢铁
像水一样缓缓流过，没有看我一眼

2020－11－21

独　饮

日常的一天消费完毕，马放南山。
独饮使人着迷，也让人遗忘。
爱与孤独，像时间那样
停不下声音。
对着空位举杯，我与使用隐身术的人
互有话不投机的默契。
花生米油滑，泡菜酸爽，

月光短斤缺两，到53°的灯光为止
它们有不明确的界限，
包含了我对生活的宽容和敬意。

——唯有此事令人羞愧：我敲打玻璃，一边
查证它的正反面，一边考问透明之心。

2018-01-24

湖　畔

湖畔有芦苇，有蝴蝶亭，有阳光温热
旅人披着云的影
有少年拿出手机互加微信
长风从湖心卷起，吹乱他们的二维码

东张西望的脚，踏在下午三点
白鹭轻踩残荷，要望穿秋水

有人过来，也有人走开
有一棵树，忍不住内心的风吹草动
湖水忽而激动，忽而平静
站在人群中，我有一点孤独，一点温暖

2019-10-09

静静的落日

一觉醒来，已近黄昏
眼前有奢阔的寂静
落日承受了一天的重量，把自己
放进汹涌的倒影
像一个句号，在病句的末尾也恪守本职

——也来得及在一个人的内心
安顿花香、钟声、月光和另一些悬而未决的事

以赞美和遗憾，感知岁月有歧义
不是每个人，都能看到这落日
这一天，因为缺失了什么
而使得满眼的灯火，显现不完整的一面

2020-05-30

冷咖啡

对饮无人，一杯咖啡
慢慢放弃自己的热度
仿佛那片海终止了暴行，但内心还隐藏着声浪
勺子斜倚在杯沿，重新解释刻舟求剑

不停地搅动，搅出一个旋涡般的夜晚
我沉下去
露水涌上来

我住的房子里边，种满了兰草、月光和雪花
所有声音都长出褐色锈迹
停摆的石英钟，是坏了心肺，还是
请求时间的原谅？

用手指轻轻敲打着杯壁，仿佛
在鱼鳞石塘上散步
只要一记起大海汹涌，我就心生羞愧
只要一想到芦苇白头，我就刹那老去

2020-11-26

两个月亮

晚上走在庄柴湖绿道，天上垂下来的光
可以用来丈量秋夜的深度
大船行过，推动着水、浮萍和月光
靠向岸边

波浪拍打着堤岸，传过来
起伏的声音和形状

有那么一瞬，我以为成群结队的光
在赶路

当我走远了，看到有两个月亮
一起照着我和庄柴湖
这么多年，我从来没有把阴影和孤独
看得如此清楚

2020-11-02

良　宵

酒过三巡，灯光也沾满酒气
今年梅花开得早
临窗而立，我看见它们在风中摇摆
仿佛已经学会荡漾

醉醺醺的歌声里，群鸟飞过稻田
铁在露水中沉睡
看不清脸庞的小孩，握紧手心里的空
他倔强、老练、忧愁
让人惊讶，像多年未遇的一个老友

"我有十万亩大海的孤独
"海浪有深不见底的遗忘"

谁要跟谁交换些什么？姑娘

离开自己的位置。她准备了月光和酒窝

去寻找前世的宿敌

下雪了。桌椅退回树木

马鲛鱼退回大海

风追赶着风，夜色越来越浓

多么悲伤的事情：只有时光不动声色

暗暗堵住我们的退路

2020-12-06

在水里养一个月亮

我在水里养了一个月亮

每晚走路去看它，顺便重新认识

那里沾亲带故的草木

坐在地上，我们都是黑暗里寂静的事物

直到内心长出明月的清辉

借一朵云来确定风的速度和去向，我们

用到流水的嗓音和星辰的方言

树木要落叶，花朵想关门

神灵和女巫坐在夜鸟的翅膀上，争论

蝴蝶的裙子，有几种颜色

我在水里养了一个月亮
只要喝点水，它就慢慢长大

仿如旧时光里的一个圆
我把它遗失在与心跳垂直的渡口
这一片崭新的废墟，或者
下一首诗中，你找不到同样的月亮与河流

2020-09-09

在小剧场看戏

扯幕的人不会让你看见。无论灯光
照在哪里，他都在戏的背后

所有情节，都经过排练
每一句对白，都符合剧本预设的口气

当女演员咳出落日和桃花
迅速枯萎，她就不是自己。为了呼应

此刻应该有一场大风，在剧场外
搅碎满地大好月光

那个心不在焉的扯幕人，还被蒙在鼓里
听不懂弦外之音

2020-04-29

古戏台后面的栅栏

它们挡住了我的去路。一样的高矮胖瘦
一样涂着白色油漆的表情
这么多年，我还没学会穿墙术
只有一蓬苍耳，长着长着就往对面去了

隐隐传来唱念做打的声音
孩童嬉闹的声音，星星落下来的声音
蝴蝶飞过剧情的声音
花开花落的声音。水滴石穿的声音

月光下，那些栅栏像活过来
挡在我的前面
一根，一根，一根……我的手指虚拂过春天的栅栏
光影斑驳，像无数大张着一声不吭的嘴巴

2020-02-25

寒露帖

风突然涨高三尺。我任它拂乱头发，
想它与昨天的风，恍若已相隔多年。

江南今日上午蔚蓝，下午阴雨。
波光粼粼的诗句，已托付流水：

此后昼短夜长，你要记得添衣加被；
两杯黄酒，一杯埋火焰一杯种梅花。

2022-10-08

河　流

已经是深秋。
大雾汹涌，漫过村庄、街灯、爱情和睡眠，
橡皮在纸上擦去书写的痕迹。

河流缓慢流淌，大地的笔画。
只有在低处，才能看清
发光的皮肤，布满干渴的裂纹。

它出自我的身体？仿佛大梦初醒，未知
今夕何夕。
对不可回头的来路，怀有愧疚之心。

2022-03-31

蝴蝶飞

一只蝴蝶在飞，它飞得
又轻又慢
仿佛云朵撒下来的一羽碎片，有一双
值得赞美的翅膀

它飞过的树林，阳光在绿叶上流淌
它飞过的河流，渔火在静静闪耀
它从花朵上飞过，花蕊微微颤动了一下

一只蝴蝶飞得那么柔软，不住地张望
谁能告诉它，该去往何处？

一阵风吹来，它就看到了秋天
只有古典的爱情才能成就蝴蝶
在故事里，悲剧
会比美流传得更久

2021-08-30

幻象:玫瑰与蝴蝶

玫瑰将开未开，已经有蝴蝶飞来，
扑扇的翅膀轻盈而缓慢，
仿佛承受了春天的重量。

花枝乱颤，无法托起一枚卵石般的落日。
多么危险的时刻：被风松动的悬崖
向着湖面倾塌。

蝴蝶有一张朝向黑夜的面孔。它动用了前世
从无中看出有，预见
一座试图修改时间的钟将透支黎明。

视规定的三种死法不顾，蝴蝶飞得比月光轻，
比爱情重。

它飞出自己的身体，仿佛
不打算对磅礴的花期有所交代。

2021-11-15

剧　终

谢幕需要秩序和仪式感，
欲言又止的角色
被剧本合拢。不甚完美的表达，偶然中
呈现必然，
时间看见了你们，并见证了一言难尽。

手写的句号不会比印刷体来得圆整，
但它们包含的意味是一致的：
曲尽，人散。
意犹未尽的是排练，以及
生活本身。

2022-08-18

看见一个喝醉的人在街上飞

昨夜有人大醉，在走调的歌声里低飞，
他挥舞着双臂像夜鸟拍打翅膀，
抱怨骨头纷纷离开自己的位置。月光
把他照得既陈旧，又忧伤。

遇见一个又一个的故人，
未及叙旧，迎面的风吹走了他们的脸庞。
隔着玻璃门，
落叶捂紧了他的耳朵，他们的嘴。

街道一角，有人左右手猜拳，生活一再
输给了时光。
夜幕盛大，总有几个眼神清澈的人，自己发光
照亮自己。

据说，每一个早晨都是梦的延伸，
未曾经历的生活，与时间保持着虚妄的平衡。

2022-01-22

空椅子

1602室。一把椅子在窗前
用木纹呼吸
在越发斜去的阳光里，它是一条驶向黄昏的船

从前的手艺，有棵树在叶子上低声
说话。树的命里
存在一些坚硬的东西

十字路口，时间打着转向灯远去
一棵人行道上的树，朝着红绿灯吐气
每一棵相似的树里面，坐着很多把椅子

杭州湾在不远处微微晃动，它涌起的风
不足以把灯光吹进1602室
再也长不出树叶了，这把侧倒的椅子

像个任性的孩子，不会自己站起来
我不是
它要等的那个人

2020-07-08

林　间

群峰如手掌
群峰如树叶涌动

林间溪流婉转，而草木枯黄
没有比水更深远的秋天了

我原谅这些抱着树桩和石头睡觉的人
原谅他们久别尘世，也原谅

他们的孩子叛走异乡。群峰
如故人，群峰如怀抱

风一遍遍刮过他们头顶的草
没有比风声更寂寞的时光了

2019-10-17

落日在下一个路口摇晃

阳光紧绷，像时间的弓拉满了弦
落叶在红灯前停步，仿佛愣在拆迁现场
无法动弹的，还有卡在轮子下的炊烟
不得不保持流水般的耐心

车载收音机装置了真理与谬论：黄昏
是全世界最大的神庙
倒立的笼子里，倒走的行人
摁住透明的刀斧之心，回收三千丈白云

红绿灯吐出这么多的行人、车辆
这闪耀律法的灯光，从不负责照亮
它倒数计时，算计光阴，同时
提醒我们：一条路，往往通向无数种可能

那么多的落日，总在下一个路口摇晃
而山水此在空茫

有人过桥，有人追着夕阳而去
在越来越暗的黄昏，眼中亮起奔跑的灯火

2019-10-19

年　轮

一棵树从大地上起身，被删去粗枝大叶
锯根，剥皮
人们叫它"木头"
木头没有改变树的属性，但不再呼吸、生长
被作用于日常生活
这和我不一样
我离开墙圈里十五号，在城乡接合部
重新扎下根来
用本名在人间兜售自己，像树叶一样在风中摇晃

我的年轮继续加密，枝叶日渐凋零
未被肢解的躯体，已经被做成板凳、栅栏
或者扶手，当然
也可能是柴火，但我确定不是木头人
时间的灰烬里
木头和我，都已经看不出年轮

2021-01-28

那些锈

除了钢与铁，还有很多物质会生锈。
木头的锈是从里面往外长，
锈到锈无可锈时，一小块一大块松垮的皮
从身上脱落下来。
水也会生锈。水锈是肉眼可见的沧桑，
长在渔夫的脸上；
他的双手，已经锈得迟滞，像那把
落在机舱外的扳手，牙口僵硬。
——这样的表述，也可以延伸理解为：
人，在不同的环境，生出不同的锈。

青苔爬上石埠，石头也会生锈。
水泥厂墙外的草木也会生锈。
在夜晚，如果你看到一颗不闪的星星，那是它
被锈迹蒙住了眼。
清明一场雨，是喷向人间的除锈剂，
仿佛世上万物都已生锈。

秋天深了，鸡鸣寺的鸡鸣黯淡，似乎被锈住了嗓子；
菩萨端坐在大殿里，身上长满灰尘和蛛网的锈迹。
秋天深了，那遍地落叶，秋天也生锈。
秋天深了，大雁从北方飞起，一路擦拭天空的锈。
秋天深了，她给我寄来过冬的衣物，
爱从来不会生锈。

2019-09-24

那一年的风还没吹完

我曾路过一个夜晚，雪很白
月光也被封冻，河面
保持着静止的微波荡漾

那是河流抱住风
寂静说出冷
是中途，暂时取代了终点

当气温回暖，被冻住的风就会重新吹起来
去另外的地方，在一个凌乱的人身上
听到回声

2021-12-08

瓶子里的薰衣草

草尖垂下来，深紫色幽香垂下来
这个缱绻的姿势，已经保持很久
我预支了半个夏天，但

风干的事物总是参差不齐。瓶身上
绘着云走、鸟飞
好色之人眼神漫漶，伸出湿漉漉的十指

草尖垂下来，不再起伏摇摆
像与时光和解
像虚虚的站立，低垂的黄昏暗香辽远

2019-06-22

轻

春天的柳絮和冬日的雪花，飘飞的姿态
大致是相似的。
近乎梦幻，然而危险的舞蹈，
有一种微不可闻的声音同步了它们的坠落。

去年的雪花，跟今年是一样的；
去年的柳絮，也跟今年是一样的。
它们和云
隔一长段失重的距离。

低过草木，低到近似于无的声音
隐藏着尘埃的微光。
谁能听清这些密集的吟唱，是赞美
还是挽歌？

2022-12-27

日常生活，或自言自语

1.

你头发稀疏，每天至少两次
对着镜中人发呆；你说话越来越少，写诗
越来越短。

春夜，我看到你把欲言又止的那部分
埋进泥土里，它们
至今没有发芽——这是否合乎逻辑、常识或法则，
让我想得头痛。
不足为人道的，
还有你一再写到的那只蝴蝶，对着花瓣
脱下了翅膀。

2.

你散步，在湖边独行，寻觅更多的
飞舞与鸣叫，至今
无法认全道路拐弯抹角的方向。

万物寂静，吹拂与照耀
呈现理性的弧度，
夜钓者和风也许能抽走流水的骨头，却不能
熄灭流水的光。

3.

明月高悬，证明天空有个巨大的漏洞，
群星则暗示了生活破绽百出。
夜幕遮住松林，
虫子咬坏的月光难以入梦，其实你已体会
晚睡的人来不及做一个完整的梦。

虚度光阴是危险的游戏，
有些轻飘的事物
反而具有凝重的力量。

2022-11-26

如果落日是一驾马车

如果落日是一驾马车，它带着与生
俱来的晴朗和谨慎
去赴一场云层的晚宴
马茫然四顾，打着无声的响鼻
低头吃草，饮水

有几张新面孔
其中必有修补时间的工匠，半生隔岸观火
用星星堵过银河的漏洞
他不胜酒力，喝露水大醉
吐真言：山不是山，水也不是水
谁把月光溶入血中，谁就不必掌灯

2022-01-06

三月的最后一个夜晚

我用鸟语和树上的朋友打招呼，它们
吐出一串外地方言，跟我道晚安

婆婆纳和结香花长在春天的胸口
湖光暗淡，依稀映现平坦生活

深夜，天空睡了而云朵醒着
运来别处的雨水，低语转眼变成合唱

微信朋友圈还在更新，与陌生人
共舞，想必是一种错误

他谋划的明天由无数花朵和梦组成
不确定偷走的时间是否能找回

风雨却不怜惜美好的事物。即使闭着眼
我们也能在零落中，找到某些必然的完整

2020-04-01

上海1920，或百年以后

在这座名字带"海"的城市，他是
不停游泳的鱼，睁着一只迎风流泪的眼睛

潮水汹涌，一边燃烧一边腐烂
顾戴路的月亮汁液饱满，兼顾世界的正反两面

静安寺的钟声释放出一万只黄铜蜜蜂
在情书里闹革命的人，咳出逆命的桃花

游过玻璃和狂欢的人群，他获得干渴、记忆和
狭路相逢，有一种爱情病入膏肓

九楼，向西的阳台。女妖手里的铜镜
映现天空、神庙和废墟

2020-09-16

深夜，街头的月光

月光，沿着湖畔南路走向更深处的夜
街心公园树影摇晃被石头绊倒
跌入草丛的鸟窝，尚余三两声唧啾余音

烧烤摊冒着醉醺醺的热气，右手
敬左手的酒杯里，月光勾兑了五六种方言
刷脸支付的表情，仿佛有一点惊讶

滨海西路。报社搬走后留下的空房子，如一则
年久未修的失物招领启事
被月光吹拂的影子发声评论，仅代表个人观点

北大街有笔直的去向。咆哮的机车像一只兽
氙气灯光坚硬，浮在白月光之上
看起来，想飞的少年都有辽远的野心

护城河刻板，一心只往东流，它用鱼鳞状的反光
搂住两岸高高低低的房子
那些明明灭灭的光啊，都像我的亲人

2020-10-07

失　语

在浓雾中，不能把柿子比作灯笼，
它身体里的太阳，只负责
照亮自己。
本地麻雀为我指点清晨的高度和宽度，
提醒我不可以乱飞。

稻茬顶着霜白，是我的万贯家财——
白银覆盖黄金，
但这不是自我慰藉的理由。

沉默的挖井人，来自外省，精于
垂直呼吸和修改时间，
他花费了小半生，挖到
被岁月掩埋在大地深处的星光与潮汐，
坐井观天，只能看到一个竖立起来的黑夜。

他跟我互换面孔，不小心捅破了
梦与月亮。
这一刻，我们几乎已获得某种平衡。

2020-12-16

树叶擦响了风

树叶擦响了风。
换一种方式，也可以说那是短暂的飞翔或者
飘荡。我不愿说
"飞舞"，这个词语过于

轻薄。
每片叶子里，都翻腾着一条秘密的河流。

树叶在大地投下阴影。关于更多嘈杂的呼声，我将之
定义为
一场"毫无纪律的圆桌会议"，并协助它们
达成共识：
飞走，离开自己的位置。

我写下的这首诗，暗藏了春天的来路与归处。
停在肩上的一粒鸟鸣，慢慢滑了下来，
我先睡了一觉，
确定可以把它埋在风里。

2021-10-23

树叶再次擦响了风

秋日傍晚，树叶再次擦响了风，
亮出幽暗的锋利。
树叶吹着口哨，把风吹过鸟鸣、流水、稻子，

吹过婚礼、疾病和落花，吹向秋天深处，
像谈笑，像争吵，像怀念。
树叶张开脉络，接住光，像镜子把风擦得铮亮。

一阵又一阵闪光的响声里，树叶
反复练习呼吸、摇晃，
练习秩序、活着和死亡。

2022-09-29

贴瓷砖的一个下午

下午的乌云像水泥散开，镶贴师傅
把时间分成30×60的等块
对应空白墙面、技术和力气
只有瓷砖，才是让他们俯身下去的理由
这么多瓷砖，要有一碗水端平的手腕
才能使它们一一就位

偶有些阳光从云隙漏下来
像无声挥动的金线。水在水泥中沸腾
好瓷砖，经得起挤压和反复推敲

后来，我站在门前
看到淡黄色瓷砖表面
沾满黄昏，这一刻与湖上落日别无二致
取代他们转身之后的下午
更多黑夜和梦里变成谷粒的砂子
它们窃窃的交谈声，已经被瓷砖稳稳盖住

2019-02-07

铁匠铺，或夏日将尽

我临摹了七月初三的弯月
用来锻造一把镰刀
宽阔、厚重，像一截指向远方的铁轨

我握住它的把柄
用来收割野草、稻香、夜空高悬的深蓝
收割赞美及诅咒

夏日将尽，铁敲打着周铁匠的炉子
蘸着火磨刀。它铁了心
要去收割那些，我够不着的东西

有一只蝉，从铁的影子里拖出越来
越薄的鸣叫
我听见那声轻而又细的红。趁热打铁

2020-08-23

五月的旧事情

风追着风，就要吹走一天的阳光；
除了摇摆，野蔷薇学不会放浪形骸。
你挥手指点之处，分别是
松树、地平线、落日和去年冬天的一场雪。

灯光和酒，一起点燃了夜。
游上桌子的鱼，瞪着热气腾腾的白眼珠，
没有一种契约可以永久生效。
南方的麦地，囚禁着一片杀气。

你在遥远的地方隐姓埋名，独酌；
归来那天，春天已经过期。
打开这瓶生活的消毒液，
微醺或者沉醉，用以排除命里的异己。

2019-06-10

弦外之音

雨水归江入海
音符弦上弄蝶
我在诗里写下光与星辰，复制天空的辽阔

歌声里有火焰，歌声
像个拳头
歌声啊，像一场病，在寻找出口

一个失聪的人，侧耳
倾听内心的声音

2020-12-09

向晚，上山摘云

风在山下放羊，也在山顶放羊
多么广阔的羊群，没有一只靠近我
暮色四合，石头都开花了
阳光和月色，给予它们不同的体温与形状

一盏高悬的灯笼，俯身打量低处的人间
落叶如悬崖。夜鸟衔着低鸣
飞过林梢，溅起一道道声音的涟漪
星辰饮露，仿佛良宵

数万米深的黑夜，比上山的路程略微短一些
洁白的羊群，队列散漫、寂静，走不出大虚空
风必须蹉跎，草木必须潦草
仿佛梦游，每一步都踩在遗忘之中

月亮扭头望望身后的羊群，也看到我
攀着时间的梯子，一步步向上
我快要触摸到那只羊
向下的尾巴。我的灯笼还在红着眼燃烧

2019-05-18

雪落在白纸上

一朵雪落在白纸上，是给白
加了点黑
不同于风吹叶落，是突然断裂的光
刹那间变成了炭

一朵汉语的雪，落在一张白纸的江山上
这寒冷的灰烬，使得隐在其中的
残缺、孤独、夜色、美，以及禁制、闪电、战乱
充满更多的可能或歧义

2020-07-11

雪纷飞

那晚在木陀村小饮，微醺。听见喊：下雪了，
下，雪——了。
略显稚嫩的叫声呈现不规则的惊喜。

我们出门看雪，看云抖落的羽毛
填满深邃而荒凉的夜空。
路灯明亮，没有谁望得见一颗冻伤的星星。

雪吹动风。雪在雪中奔跑，仓促的样子
像蝴蝶脱掉翅膀
急着去见一个人。

重新端起的酒杯里，刚开始是飘飞的雪花，
后来有一种若有若无的声音
召唤着我身体里的轻，夜空在飞舞。

2022-12-01

雪中入木陀山

雪把木陀山推到我面前，时间
突然消失了。

风提着我上山，路消失了。
雪穿过风声，像蝴蝶一样向我飞来。

雪飞向树林、溪涧、枯草、石缝，
落在静寂的去处。

天空发来的快递，细碎、温暖、潮湿，
飞向山后的木陀村，飞向

我的昨天和明天。
雪像光，映彻大地。

2022-12-16

夜宵，与莫游书

啤酒喝到吐，歌哭
说话的口气
像灯光没有照到的夜色
挪用了江山与美人

凌晨两点，我们在波浪形的月色中
裸泳，随波逐流
而不自知
树影里有跌跌撞撞的声音，叫唤我们的乳名

街道空旷，清冷
东南风一点点吹散星光的气息，吹走方向
莫游，还能再饮？

银河的一滴水落到人间，就是雨季
谁也不能摘下月亮，用来代替自己的脸

2021-08-21

隐秘的湖水之歌

迎娶新娘的船队泊在五里之外
夜深了，谜一般的小兽也沉睡
流水停顿，湖面如白月光宁静

所有的风都往天上去了，雾凝结
像干净的白云。芦苇只有在夜间
才能抵住摇晃，积蓄星光和细雪

他爱着荡漾，也爱美人如水；他学会了
顺水推舟，因而时间的镜面永不生锈
离开还是返回？涉世不深的水，一面湖水
从未澎湃，为野鸭子无限拉宽叫声

石头在岸上打坐，水在水里清洗自己
过湖之鲫溅起几朵零碎的月光
穿过他身体的水，带着38℃的温热
烛火般起伏，但不汹涌

2019-12-12

有一个贤良的春夜

有一个贤良的春夜，湿漉漉的月光
从屋檐滴下来
有一颗星被云层掩去光芒
有一树被寒潮吹落的叶子，密谋重新返回枝头

贤良的春夜，我在窗前读书
有一首诗里灯光慢慢亮起，有个词语
故意站错了位置
爱有悲欢，纸上月亮侧身而过

在这个贤良的春夜，风也是寂静的
有人摸黑赶路，有人坐等花开
人世漫漫，所有孤独都值得原谅
一把微锈的铁锁，等着匹配的钥匙来敲门

贤良的春夜总是过得很慢，雨也下得很慢
错别字划破的伤口流血很慢
"关掉法律，道德，刀锋的眼睛"①
良夜静默，适合坐井观天，推翻白日很快的梦

2020-02-23

①引自成小二《死去的夜色》。

与蝉为邻

它们搬家来那天，拿走我的静寂
把我从薄如蝉翼的梦中叫醒
每一声嘶鸣，都要飞离自己的身体
点燃空气中的火焰

每一声鸣叫都相似，每一声相似的鸣叫
都挂在树枝、耳畔，以及云朵边
我尊重这些邻居夜以继日的热情
在几近沸腾的喧嚣中，我只抽取自己的声音

2019-07-06

雨点穿过风声落到地面（组诗）

对着雨声道晚安

接连不断的雨声中，黑夜一点点
站起来
墙根、窗户、阳台、屋檐。它爬上我的屋顶
再高处，天空有大池塘
淹死的星星落下来，变成玻璃碴子

摸黑赶路，总有不得已的理由
灯亮着，有时候是为了等一个人

黑暗落下来，或者
黑夜站起来
这两种说法有什么差别？窗外这么黑
看不出人间的深浅
起风的时候，雨声

多么寂静

如此也好。晚安

2020-12-27

嘉南公路下车听风雨

故意绕道，行至嘉南公路。风正在摇晃，打结

雨点需要穿过风声才能落到地面

秋天如此辽阔，现在仅仅容得下一场不期而至的中雨

和不断后退的草木之青

每片叶子都有闪烁的反光

速度是一个词，远方是另一个

秋天如此疲惫，仿佛人到中年，即将

耗尽身体里的星光和铁

FM101.2在读诗："一切克制都是徒劳。"①

一扇风雨穿过玻璃

卡住喉咙，问我从哪里来，要去向哪里

靠边停车，推开车门，一场雨

---

①引自小葱《敲门》。

还在嘉南公路上，不紧不慢地燃烧

低洼处的积水像皱纹散开

在不断逼近又后退的记忆里，让雨点打在身上

我认领它们做我下半辈子的兄弟

把这件湿漉漉的事情当成孤独的热爱

而秋天低垂，如此汹涌

2019-10-27

雨夜，或妥协之歌

有过这样一个夜晚，雨来敲窗的时候

波浪形的歌声打开了我

深海般的黑暗里，一个随波

逐流的人，突然泪流满面

一场风吹走了另一场风，一首歌

能不能修复一个

被雨点击穿的夜？雨在空中并不发出声音

雨敲打着屋顶、树叶和大地

像无数人奔跑着气喘吁吁的脚步

但云朵，永远在高处飘飞

单曲循环听一首歌，等同于在生活里转圈

日子黑白的两端，哪里才是出口？

我纵身跃入一朵浪花，把肺里咳出的泥沙和石块

塞进梦里，在水面
写下一行行起伏的无用之诗

那一夜雨声绵密，我虚构落日和月光
修补假声中断裂的那句歌词

2021-05-10

中午的大雨

太阳明晃晃挂在十二点方向
而暴雨突如其来，石头上溅起形而上的火星
仿佛生活就是如此，充满
矛盾和不确定性
借助我此刻的描述，你也经历这场大雨
惊愕于廉价的银链子
逐渐勒紧夏日正午的喉咙——
而它的光线，正在照亮这个坏脾气的时辰
天空如旷野，如谵妄的中年
那么多的琴键在奏响
那么多的止痛片敲着大地的门
天黑之前，还有多少人
会在时间的缝隙里，认领自己的声音
有多少人，会在奔跑的大雨中挣脱湿透的身体

2019-08-15

第一辑 生活课：孤独与温暖

雨 后

雨停了。孩子踩着水坑
直着跳，横着跳，前后跳，像要跳出
自己小小的躯体，尖叫声

跟麻雀交换（弹性的）（放飞的）喜悦，路和天空一
样漫远。
黑色珍珠的眼睛，
流淌着云朵、赞美与爱。

阳光从云隙漏下来。
树叶、水洼、风声、鸟鸣……它们从未被光遗弃，
显露秋天的神性。

2022-10-07

寓言，或未知其所言

1.

石桥破败，像我小时候写的一个病句
被挪用在庄柴湖
秋水缓慢，流过了就不再回来

时间因等待而显得漫长
趁着还没老透，就着波光潋滟
再拧几下身体里的发条

2.

炊烟举起的天空，雷电隐藏其后
彩虹在更后面

被水洗过的云朵，像杭嘉湖平原的秋天
但更像一个遗址
它吐出的水泡，仿佛是对路人甲的拒绝
——"不"

3.

叫黄瓜的，都长着绿色皮肤
黄瓜浑身长刺，但一生未见棱角

刺。泪水里的盐，是平庸生活的解药

4.

夜深不睡。如果把月亮调试到合适的位置
你就得到想要的亮度
反对黑暗这件事，你和它做得一样彻底
这白花花的月光，不是
你和我
支付给生活赎身的银两

5.

屋前有草，屋后有草。这些草，尽管活得潦草
也是一岁
一枯荣啊

而我们，都是这个世界有来无回的客人

2021-10-08

第二辑

生活的姿势

玻璃之心

大雨夜，我站在窗前
看到一块有着细微裂痕的玻璃
抓住路灯的光
下一刻，玻璃有流动的倾向

一声闷雷，把我三分之一身体赶进玻璃
塞入影子、红酒、支付宝
塞入炎症、高血压和镜子般的脸
黑夜有断裂的线条，玻璃有不可说的羞耻之心

一块生病的玻璃，也是清澈的
一块生病但清澈的玻璃，扑进了大雨中

2021-01-26

大雾中

在大雾中行走，雾在睫毛
凝结。一眨眼
泪水般
顺着脸庞流下来。大雾茫茫
像天空翻转，云撞击着云，吞噬村庄、道路、光和声音
仿佛已是大地的边缘
它们弄丢了我的时间，让我不断失去
少数人沉默地走出自己的身体
突兀出现的草垛像宫殿。麻雀
在惊吓中卸下飞翔
作为补偿，大雾代替我
去走我无法行走的路，手里紧紧攥着冰凉的花朵

2022-11-21

独自走在月光里

路上的月光跟木陀河面的月光
是不一样的。
我吐出的月光和吸进的月光，也是不一样的；
木陀村外面跟村里面的月光，也是不一样的。

稻穗上的月光，与草叶上的月光
是一样的。
我费力抓住的月光，跟梦里的月光是一样的，
跟母亲窗前的月光也是一样的。

独自走在往回的时间里。失手打碎的月光
发出银亮的哭声。

2022-10-25

剪刀在布匹上行走

一把剪刀对着布匹张开了口

广阔的外省平原，女人种棉、割草
喂马。月亮在她头顶晃动
身后有溪水，微凉，服从于纬线指引
在布匹的连接处断流

一把剪刀在布匹上行走
剪断草木，剪断云朵，剪断风

炊烟并非上升，是从另一边延伸过来
像一根巨大绳索挽住平面生活
一个明显的疵点，在葡萄藤上停止了生长
时值夏末，我听到孤蝉枝繁叶茂的鸣叫

一把剪刀对着万物亮出自身的光
仿佛时间锋利，秋天翻山越岭而来
我摁住布匹里的星光，沿着画粉画下的轨迹
剪断道路和节气，但避开了
高于田埂的谷穗低垂

2019-09-12

记一次岛上野炊

木陀大桥在远处，高铁桥

在更远处

莫游说，流水能举起一切有形

或无形的东西

如此，若忽略脚下的泥土

我们站在水面上，被湖底回往天空的光照亮

煮饭、炒菜。新蚕豆、莴苣叶、啤酒瓶

以及湖水

都是春风的颜色

煤气灶呼呼吐着火苗，水开了，野米饭也飘出香气

没有了炊烟，还有什么

能够丈量大地到天空的距离

看那些孩子！他们被风筝牵着奔跑

低低地飞

背对着风，我们失去荡漾
"春天总有湖水沿着来路再流一遍"
莫游说："白云近乎透明，送给大地的礼物
"有的发芽，有的开花
"这已经契合某种秘不示人的理想"

草坡上那么多人，有的食欲搁浅，有的兵荒马乱
还有一个人，体内
流水潺潺，草长莺待飞

2022-05-18

理发记

已经是深冬，南方多年没有下雪。
顶着一头芦花进门，眼里的河床光滑如镜，
我遇见自己，
一根中年的芦苇，与风对峙，一再
败退。

理发师大都有个洋气的名字，但他没有。
他坚信良好的手艺，可以
修复怠慢的时光。
当电推剪在我头上爬行，我想到的是
那位改行的木匠，驾驶着推土机在工地上作业。

这多少令人沮丧：不靠谱的想法
往往出自对未竟理想的怀疑。

一根中年的芦苇，要做几遍深呼吸，才能
在水流湍急的椅子上堪堪坐稳?

人到中年，头发已经变得稀少而柔软。
一场大雪正在翻山越岭赶来，隔着一片大海，
它费尽心思，寻找一个自我妥协的人。

2022-01-08

芒种，热爱一场雨

去木陀村。穿行在入夏的第一场雨中
像一条鱼洄游，晃动了整条河流

时间消失在地平线的尽头，世界如此辽阔
而喧哗
但大雨如此安静

风吹在风里
雨落在雨上
从天而降的事物，都像照耀

那个耙田的农人，我想他一定是幸福的
此刻他要风得风，要雨得雨
还看到一个人
驾车穿过湿淋淋的下午，去往木陀村

2022-06-13

木陀村蛙鸣

夜已深，一群野孩子在擂鼓，
急促如雨点，
没有一片水能够淹没他们。

池塘、沟渠、田间。
枕边、脚下、树梢。
听！月亮砸碎在

木陀山，一群光脚的野孩子
在擂鼓。
鼓声击穿慌张的春夜，也击穿荒凉的木陀村。

春天啊，
你要原谅木陀村彻夜不眠的三种人：
月亮、孩子和我。

2022-07-29

第二辑　生活的姿势

081

匍　匐

风吹，草低如匍匐，
河流平静如匍匐。
而山岭耸立，星光空悬。

小渔船划向黎明，如前行之匍匐。
跟河流商量借条路，俯身
撒网，犹如枯木匍匐。

2019－10－21

去荆山里

荆山村的稻子熟了，他们让我去荆山里。
铁匠带着外省的露水和风声，
走出高铁站。
陆续遗忘的事物，总有一些会突然被忆起。

荆山并不陡峭，但因我们的到来
而有了高耸的意味。
太阳坐在白云的椅子上，照着荆山里

和大片高低纵横的良田。
他们跨过水渠摘野花，在田埂上合影，
要带点什么回家，表示已经来过。

我来到荆山里，脱鞋袜，光脚踩在泥土上，
给海岛来客指点稻子和稗草。
176路公交车载着五颜六色的方言，听说
已经过了通元镇，而我只听得懂一种。

2021-12-18

散　步

（与冬箫、加兵在省委党校，兼致金问渔）

低低的音乐里，我们同时抬头看到月亮的脸
昏黄、暗淡
像一块时代的锈铁。它的技艺在于：寂静的光
给世界推出一片空阔之地

但牛毛尖的细雨微微濡湿了夜
我们不急着赶路。乔木的叶，有新生儿般的
清新。白天，我们在此接受关于美的课程
怀有谦卑之心

灯火通明的球场，一群人争夺一个球
有人在树影里吹笛子
冬箫说，问渔兄在游泳馆，试探春天的温度

小小的风，吹着一些小小的果子。黑暗里
它们也在勤恳生长，这是一件
多么美妙的事，仿佛自我的觉醒

2019-04-30

生活的姿势

我光脚在客厅走动，前行、后退，
俯身、直腰，虚设自己
深陷一场场汗流浃背的农事，
风提着稻子，田野如海浪起伏。
摁两下假想的草帽，请绕过乌云的阳光
慢一点，再慢一点。

整个下午，我沉浸在虚无的劳动之中。
十年，甚或更远？
遗忘从不值得赞美。躬耕
保持了对大地无限的尊崇与敬畏。

莹白米香即将渗进秋天，包括
树上雀鸣偏执的部分。
我无意与远方为敌，但钟情以这种
生活的姿势，努力"跟时间保持虚妄的平衡"。

2022-10-02

深秋，去木陀村访莫游

已经是深秋，木陀村一片澄黄：
山坡的银杏、橘和柿子，
水田里的稻，以及比城里更照耀的阳光——

微风提着这些火焰的舞蹈，
热烈如盛宴。
木陀河闪着粼粼微光，向十二月流去，
天空的反光奢阔而自律。秋风

闪亮的日子，总有无数见色起意的灵魂
在赞美中迷失，仿佛清醒与矜持
都是原罪，但爱和热爱不可被辜负。

听到两声鸟鸣：一声衔着白云，一声领着
通往莫游家的路。
落日的声音宏大而静寂，落地后
又上升，漫过我们饥饿、喜悦的嘴唇。

2022-11-16

文化广场的夜晚

总是在入夜以后，文化广场才慢慢醒来
仿佛节日
灯光像小学生的作文
平铺直叙，擦拭每一张恋爱般的脸
并且仍在流淌
它还热衷于几个语无伦次的病句——
广场舞模仿了手机视频的扭动，集体的狂欢
几乎要把广场的腰扭断
打篮球的少年，正在从篮球里长大
他领着自己奔跑
与假想中的对手周旋、对抗
在成群结队亮如白昼的夜晚，他沮丧于
不能像鸡群里脱颖而出的鹤
受人关注与喝彩
多年以后他才会知晓，成长的有限经验
不足以赞成或者反对自己

所有人
都会被漫不经心地遗忘

人间喧闹，月亮因为羞愧而闪躲
我趴着的铝合金栏杆上
有几块抓不住的碎银，闪烁着时代的反光

2021-07-19

我找不到一颗空心的雨滴

琐碎的日常像一本说明书，不允许
虚构和夸张
反复使用的词语，已经磨得破旧
笔画里挂满疲惫之色
它们发出的声音，也越来越轻

晚来有雨，额头涌起微澜
往事如檐下长长雨线。我找了那么久
没有一颗空心的雨滴

更多的雨使人盲目，雨带走方向和终点
那被挥霍和辜负的，又岂止
耐心、热情与勇气？

夜里的鸟鸣也是黑漆漆的，星星的光
只够照亮自己
因为使用过多的修辞，月季只长高

不开花，蝴蝶离开枝头

五楼装睡的人，床榻干净，梦和翅膀

都已被大风扫去

2021-06-30

夜坐欤城徐来亭看流水

起先是风，然后是月亮的一声咳嗽
机桨船慢腾腾驶过
煮沸局部的河水。盐嘉塘宽阔
流水不舍昼夜

流水来自何处？流水行云
摁不住河床的喘息
流水靠什么流动
——坡度，抑或重力？掀开粼粼的外壳
能不能看到鱼群拖动的齿轮
在我们不可见的河流底部，是否
安装了隐形的输送带

流水承受着天空的重量，落日
每日照拂我们的村庄、田野、小镇和工业园
而流水，还能重新流一遍吗

借助光，流水在镜中寻找更多的水
服从紧密的秩序和弹性
流水擦过岁月的肩膀，把我们
一遍遍清洗
水流经处，都是皎洁的原乡
都有热泪盈眶的照耀

2021-01-12

一个人的春天（组诗）

春日黄昏，看见一个人在水边独坐

山不高，路过春天的水很长。落日将尽，
一个人坐在水边，柳树下。
风停在对岸，下垂的柳枝保持错落有致的队列。

再过一个时辰，月亮和星星会从水里浮上来。
哦不——它们都是赝品，
最慢的流水也不足以抵抗流逝。

就算他全身长满柳叶，
就算他内心抽出枝条，
他也不是风景，他是码头。

2022-04-04

春日，山中独坐

下午三点，时间因为山鹰突兀的俯冲
而显现陡峭的意味。
这个一天中最慢的时辰，被风推着向山下滑去，
山谷如大嘴，吞掉回声。

穿过松竹的风同丝绸一样滑爽，带着薄薄的清香。
我倾听，并且看到
凌乱的往往是轻而又薄的东西。
群峰耸立，高低绵延：大地自古具有仪式感。

一只虫子翻过树桩花费的努力，不啻
我翻越一座山的力气，
它勇敢而执着，不走寻常路，对生活的理解
与我有何异同？

每一块不可复制的石头，都经历过深厚的睡眠，
对于它们来说，时间
是无效的；对一个
企图在石头里刨出沧海的人来说，此话值得怀疑。

2022-04-07

春夜辽阔，在海边独坐

远处的波光粼粼，是月亮动用三分之二个圆的汹涌
擦亮了大海的脊背，
秩序大同小异，而浪潮无法复原。

大海想到什么，就把海底的弹簧松一次，
梦到什么，就把松出去的弹簧
收回来，
它活得摇晃，无关陆上的赞美或诅咒。

只有悬浮的星光听到失眠者的消息——
他们尖叫、哭泣，
一生被水所困。

我掏出身体里的泥沙，要跟一条在海面飞翔的鱼
交换血管中的盐和春天，
它点点头，又摇摇尾巴，像一块碎片
消失在闷雷滚过的浪花里。

2022-04-12

鹰

一只鹰在飞。看久了，才看清楚
它不是在飞，是在空中奔跑
看再久一些，它也不像是鹰
是一只（黑色的）（落单的）鸟
在奔跑，它跑得像飞
那么快，分不清是追赶还是逃离
我相信它有漂亮的羽毛、明亮出水的眼眸
有凌空振翅的勇气和愤怒
后来，我看不到任何一只鸟
只有蓝色木板上一枚小小的钉子
扎得越来越紧，越来越深

2019-03-04

一棵大树

远远看见一棵大树。树冠抵住白云
像天空一块陈旧的伤疤

大海般涌动的叶子，是否暗合了某种秩序的排列
鸟雀扑啦啦飞起，或者投入。又飞起

它们是否彼此认得，像人一样招呼寒暄？
那离开的，还会回来吗？
"树的生长，都是从树里面进行的"
向地里延展的部分，暗暗接纳落日回归

然而，谁听到过大树的呼吸或叹息？谁看到它
体内的水与光，如时间般不休不眠地流动？

其实我分不清楚：它到底是
在缓慢生长，还是渐渐老去

2021-04-28

一条咸鱼

一条咸鱼瞪着空空的眼眶，
盐溢出。它凝视水，
以及水里的天空。

咸鱼不知道自己是咸鱼，弓身
保持起跳的姿势。
半开半合的嘴里，含着大海的咸涩和风暴。如果

打开它的身体，我们看到泥沙和星群，
血液里闪电像鳗鱼一样游动，
大船沿着它的腹壁做环球航行。

一条咸鱼必定有汹涌的来处，酝酿过
无限可能与未来。
在遥远的鱼鳍状的海岸线，飘散着祖国的气息。

咸鱼界的最高法则规定，一条关闭了喉咙，
成功躺平的咸鱼才是真正的咸鱼，
它守口如瓶，已经不能孕育月亮和潮汐。

2022-11-28

第二辑　生活的姿势

雨夜读史

雨声贯穿了整个夜晚，也淋湿了日渐
衰败的王朝。第三十六页
大河决堤，百姓在洪水中漂向时间的下游
边塞烽烟又起
国师夜观天象有异，霉烂的夏日充斥腐朽气息
不眠的君王从晨光中听到第一声鸟鸣
坚信万岁与不朽
事实是：夜幕提前降临，临风煮月
既不能救活一根草，也无法吹灭一朵火

如果，我此刻熄灯
揭竿而起的黎民，在第四十七页点燃的火把，能否照亮
那个荒凉的夜空？他们高举双手，是祈愿
还是接受？
酒楼依然人声鼎沸，城外芳草萋萋，所有的路
都通向远方和后世

清风不识字，何故
乱翻书？当我歇下来饮茶，抽烟，文字的刀光
在暗处闪现
泛黄的纸页里，蓦然出土一枚新鲜月亮
一千多年前的大雪落在字里行间，便是灰烬
底下是累累白骨和万里江山

2022-04-25

在林中

阳光扑向密林，照着春天深处的寂静
不知名的虫子
在爬行，跳跃，飞舞
穷极一生，它们也走不出这个世界
而我经过的每一棵树、每一株草
是否都有存在的必要和理由？所有的路
在成为路之前，都没有被指定方向
抬眼望云，只看到一小块
陡峭的天空：是谁从叶绿里提取了蓝？
春天的这张封面
林子广阔，什么鸟都有。我听了又听
仿佛有一种鸣叫
能够穿过人的身体，但松针
无意成为我们生活里的刺

2021-04-03

再入木陀寺

夕阳照着木陀寺，檐角高蹈。
晚课声把飞出去的鸟鸣重新拉了回来。

钟声里散出十万只
黄铜蜜蜂，下山寻找各自的蜜。

倒披袈裟的云，停在银杏树上空。那里
漏下来光，也是照着木陀寺。

墙边樱花开得绚烂。挑水的小和尚
踮起脚，用鼻子碰了一下，两下，三下。

2021-03-20

早春，山中访茶

惊蛰第二日，细雨中
山岭面目模糊。我看到的鸟鸣，离春天
又近了三尺，天空俯下身来

茶园像气温起伏，春风并不陡峭
只管拽住我的衣襟往上走。湿漉漉的脚步
像点名：乌牛早、鸠坑、龙井43……
茶树的身体里
蓄积了泥土、雨露、星月
它们古老、蓬勃，具有脱尘之心

四野静寂，草木干净仿佛重生
我没能踏上的山坡，茶树替我一一走遍

从一个纸质茶罐里，我倒出早春第一缕
半透明的香气
这肉眼可见的清香，先于我自己
找到我的鼻子和嘴唇，占据

内心的空白之地
它们即将统治荡漾的一日，并且
填满嶙峋生活的空隙

再下一场雨，我的身上
也将慢慢抽出嫩芽
我的体内，因此生出翠绿明净的品德

2021-03-07

钟或衬衣，或者静物

钟在墙上，一生安静。
钟是静物，但时间澎湃。
衣柜里的印花衬衣，被取下来，
遮住一副羞怯的皮囊。
去超市、公司、婚宴、风景区，途经
老屋、坡道、文化礼堂、酒店，
周一，节日。
过桥的时候，风吹动夜幕，湖光粼粼，
风掀动衬衣的下摆。
我站在树下，打开手机叫车，
突然看到
生活露出了白花花的肚皮。

2022-08-02

第三辑

倾听光的声音

蝉鸣高悬

午后。洗杯，泡茶，闲坐
窗外蝉鸣很薄，但仍有起承转合之韵
八月过半，它们还在耐心地
释放着阳光、风吟，或许还有暂未可见的雷电与露水
暂未可知的是，蝉
在长久的鸣叫中看到了什么，又在召唤什么？
蝉在树上修行，叶片有轻微的颤动

八月的午后，蝉鸣高悬。一天已过半。突然想起
多年前我出生于八月，蝉鸣高悬

楼下，邻居家的双胞胎冒着烟地奔跑、嬉戏
挥霍手心里的光和声音

八月，午后。我面壁而坐，在嘶竭如泣的蝉鸣中
反手抱住自己
深情而用力的姿势，如同抱着一个
久未谋面的兄弟

第三辑　倾听光的声音

独自走在旷野

独自走在旷野，独自怀着潮湿的深情
听见阳光落下的声音
听见喜悦或惊讶的鸟鸣

唯有这一声与众不同：尖细、悠长
但克制。它冒着五月般的腾腾热气
又被风声切成两半

风吹着可见与不可见的事物，风把我
吹到半空。回头一瞥
看到内心空旷，落叶纷飞

落叶翻飞的早春啊
高处的，低处的；明亮的，晦暗的；滂沱的
寂静的……
在涌动，在飞舞

2021-02-13

光的声音

在物价飞扬之前，我购买了一吨阳光
那时候的风，也是暖的

阳光腌制树叶
发出细微的沙沙簌簌声，像下雪，像两个人

并肩走
在雪地

听到光的声音的人，身披漫天风雪
却像走在语无伦次的春天里

2021-11-08

将　近

不停车收费，就是用ETC买断
余下的大部分路程
车灯撕破的夜幕，由雨丝缝合

秒一般的雨丝，来不及展开的时间
挟裹着风声，扑上来

地平线已经消失。这些飘摇的渡船
这些舵手，这些乘客
光阴的偷渡者病若游丝

有多少辆车正在开往清晨？有些光
亮在更远的地方

2019-01-10

落在身上的光

我对一切的光怀有深刻的敬意
我始终相信，没有一种光是空心的

可见的是，每一种光都
自带长短或冷暖的刻度

出门的时候，回头接到母亲的目光
为了让眼泪回到眼眶，我昂起头

阳光打开天空，照拂万物，也丈量
天地之间的距离

我始终相信，每一种光都不是空心的
每一种光，都应该仰望

2021-05-11

明亮的事物

失眠，贫血，骨质疏松……
我的月亮沉疴不愈
这具年久失修的身体，在上下两集的天空
艰难穿行

国药堂的老中医洗净双手，摘掉
鼻梁上的X光
没有人会代替我哭泣
请原谅那个说谎的哑巴，他闭嘴

才接近事实。意外的惊喜是
在梦的下半集
还有一颗星星，独自
闪着宁静的微光

2021-01-29

那　光

走在默不作声的夜里，我也是黑的
这么多年，我还没邀请到一个人
来到我体内点灯

一抹亮光缓缓靠近，看不清
是光领着车子前行，还是这辆电动车
推着光在走

这夜晚，跟白日看到的世界有大不同
当那光远了，摇摇晃晃——
让人担心它，随时被风吹灭

我就唱歌，就自言自语，从寂静中
取走冷清。我无法确定，会不会有人
在行走中点亮自己

2019-12-25

清　晨

在窗上画一片光，天就亮起来
生活固然短斤缺两，又
何必跟时光讨价还价？
失眠一夜，昨日也不可能重现
星辰隐去，云朵越来越白
树叶对风亮出青翠的面孔，它们天生
具有飘摇的命运

提一桶井水，清洗脸上的夜露
和麻雀准备开唱的喉咙

一桶井水，折射无数的光，好像已经
认出通往天空的道路

2021-06-25

夏　夜

萤火虫点亮低功率的LED尾灯，从我面前
低低掠过
它飞得那么慢，让我看清它来时的路，也看清
这个偏离航线的小小飞行员

左顾右盼的模样，像极了我幼年的伙伴
如果它是它的来生，那么
在时光的屋檐下，我们摇着蒲扇，看一只只萤火虫
慢悠悠飞进夏夜深处，遥远的亲人身边

2021-07-22

第三辑　倾听光的声音

夜幕将临

先于暮色落地的，是南山寺的晚课
和钟声。蟋蟀驮着早到的秋天往山上爬

野花开得很慢，似乎还在等待什么
走路去见佛的人，心里抱着大石头

山峰低矮，溪流有合理的去向
倦鸟怀有归巢之心

夜幕将临，你就歇一会
等那个扯幕的人，献出灯光和月亮

为了让我们看见，天上的小石头会发光
飞舞的露水和尘埃，也将回到地上

2019-08-11

月光寂静

深夜，水龙头在滴水
滴答
滴答

一百亩油菜花向天空轻舞，叹息声
微不可闻
蝴蝶的花衣裳，盖不住一场漫长的失眠

风吹着月光，月光吹着芦苇
湖水摇晃着它的船
朝对岸，用气声喊出自己的名字
感觉自己已经不再是那个人
走远了才知晓，一条路往往会通向许多种可能

旷野中的诗，要这样落笔——
月亮在漏水，滴答
滴答
滴答
明亮而又响亮，向人世传递它的寂静和动静

2021-03-17

云层后面的明月

取一种舒服的姿势，陷入驾驶室座席
陷入夜晚九点的雨声中
几分钟之后，我就成为一个潮湿的人
在车窗上勾勒出线条，偷几缕尘世的微光

倦怠的夜晚，雨声不紧不慢
除了光与爱，没有什么别的事物
还可以在黑暗中闪亮
这一程短短的路径，仿佛渡海

雨声替我填满空的部分，替我照拂
草木和亲人
如果雨回到天空，我说出向上的赞美
裸体的明月，正朝着人间慢慢滑动

2020-08-31

第四辑

生活课：非常现实

避雨记

晚上，和莫游在湖边跑步
作为一名外科医生，他对天气没有精确诊断
雨说下就下，起伏的空气中
萤火虫纷纷吹灭自己的灯笼

仿佛凭空多出无数气喘吁吁的脚步
路会越走越薄吗？雨改变了我们的行程
印染厂的烟囱还在喷吐着白烟
一个物理合成的夜晚，我们本不用

在计划之外的廊亭里避雨。"每条路都可能
"通往你想去的地方。"莫游说
"人到中年，不要跑得太快。适当
"犹豫和停顿，听听内心的声音"

这几年，莫游远烟酒，近自然
种花、养鱼、练字、写诗，走路与慢跑
脚踏实地
没有放纵灵魂，快于自己的身体

2021-08-08

草木黄昏

苦楝上那只蝉，最高昂的一声嘶叫
破体而出，追着落日去。
贫穷的天空，
光线越来越短，看不到鸟鸣的曲线之美。

路旁狗尾巴草萋萋，
一边摇着叶子，一边结着种子[①]。
风从遥远地方吹来，
修改它们的颜色和年龄；
风一直吹——它们的头，像尾巴那样垂向大地。

劈柴人挥汗劈开冬天的火焰，身体里
落叶纷飞。
火焰用摇晃的声音，叫出树的名字，但分不清
点火的人，是不是那个劈柴的人。

[①]化用自顾城《门前》中的诗句。

黄昏为什么如此短暂，而醒着的梦越来
越长？
除了那些搬运粮食的蚂蚁，还有谁
迎着形而上的光，一条路走到黑？

2022-08-16

大　雨

所有声音源自一场事先张扬的大雨
漆黑早晨，白茫茫的夜

天空沉没在水里，颠覆我们对时间的认知
以及对"辽阔"这个词语的最大想象

要排出多少水才能亮出拐弯抹角的街道
要抽空多少水才能拯救一朵野花的开放

大雨像一条条鞭子，拷问我们的良知
不应该
只有一场赴死的大雨，才触及道德和良知的底线

2021-07-24

冬　至

那两棵树，一左一右
冬天也不落叶，快要长成我想象的样子

傍晚，风越发猛烈
我不说话，树叶代为传达；我不哭泣，风声

代我呜咽。只是那树冠一低再低，仿佛承受着天空
和怀念的重量；只是

那风吹着吹着，就往高处去了
带走一天的阳光

2022-01-12

纪念日

夏日徐徐展开，我有三种不眠：阅读，花开，汽车由远
及近的呼啸

比南风重，比雨点重
轻于光

时间区分开两种人
你一边要接受我在这世间的孤独和残缺
一边
要原谅我的顺从与背叛

2022-06-04

坚硬的生活（组诗）

后来：陈五福传

五福是个好名字

许多年前，他从远方来到这里
种下屋子，种树，种稻麦
在媳妇身上种星星
后来：枝繁了，花香了，儿女满田野撒欢了
后来：化工厂开工了，树蔫了，庄稼长不起来了
后来：媳妇跟人去更远方种月亮了
再后来：他在身体里不断种下酒和钉子
又后来：儿孙们把他种在不远处的地里

2019-01-29

叫　卖

离开家乡以后，她在路边摆摊
卖水果、蔬菜，卖很慢的早晨与黄昏

所有货物里面
掺杂着露水、灰尘和皱纹里抠出来的假笑

一场雪掩盖了大地的小伤口，另一场雪
正在匆匆赶来的路上
北风急，雅雀归巢
她落日般的声音，分不清是在
叫卖冬天，还是兜售余生

2019-01-27

井水谣

搬运粮食的人在晚上回家。
月光一点点填补白天掏空的力气，
他关心云朵，风和照耀。
在院子里，井边。被风吹散的烟缕。

把绳子慢慢放下，从水里提出水，
湿答答的声音传递上来，
又跌入黑不见底的深。满满一桶月亮，
被水挤破形状。

直立的水，
微缩的湖泊，潦草的浪潮。

坚硬的水，慌乱的水，泼出去的水。
空旷的水。

九月木槿，朝开暮萎，关上唱歌的喉咙。
有一个用得很旧的月亮，被井水
晃碎了心，
又像一张粗糙的人脸，仰望着夜空。

2019-09-01

芊　芊

去木陀山拜访春天，突然想起
芊芊
名字里长着两棵纤弱的草，自带植物的属性
现在，她沉睡的那块地上
长满牛筋草、马兰、青蒿……

我还记得她盛开时的模样，除了同样
带着草字头的"花"
没有更合适的词语来形容她

二十三岁，鲜花一般的芊芊嫁人了
二十三岁，鲜花一般的芊芊
换亲嫁给了一个三十二岁的稗草似的男人

……那一年，芊芊三十九岁
比镜子更明亮的那个清晨，残花般的芊芊
穿过麦地，爬过桑园
桑园的尽头，是滔滔不绝的木陀河
三十九岁的芊芊，死于
两个一千
一千是女儿欠缴的学杂费、校服费
一千是她作为货物的代价，用来偿还丈夫的赌债

2021-04-26

亲爱的蚂蚁

夜雨过后
一只蚂蚁走在逃亡的路上
一只蚂蚁走在报丧的路上
月光时而皎洁，时而昏暗
大地上
两只蚂蚁获得伟大的照耀

2021-11-07

秋夜高耸

秋夜高耸，秋夜的栾树高耸
风往更高处吹，它擦亮的月光落满枝叶

发出细微声音。栾花慢慢飘下来

售楼处的灯光雄辩而短促
他坐在树荫里。更黑暗处，一只
萤火虫提着小小灯笼来见

多大的树冠就遮蔽多大的天空
初秋夜有不合时令的薄凉
他抱紧瓦刀，像紧抱自己的命。所有的风
都像草绳，紧紧勒住生活的脖颈

栾花飘落下来，砸在提前老去的梦里
给黑夜表面砸出孔洞
被薄云遮住了脸的月亮啊
还能不能看清人间？

2019-08-19

燃烧的绿萝

在读书的间隙抬头，总把它看成
瘦弱的火苗

在一条虚空道路，用我看不见的速度
行走，然后折返
仿佛一个奔跑的人，遭遇了拆迁和病苦

它轻手轻脚，对墙上滴答作响的时间
持有反抗之心
一点点风吹动了它，像在颤抖

它收纳了蝉声，接续黄昏断裂的光
却没能忍住体内的水
如同一个人忍住了荒芜和翻山越岭的疲累
而泪珠在眼眶里打转

它那么倔强，在水里也想把自己点燃
绿得有点黄，近似于虚假
叶片如钝刀，割锯着湿而冷的夏日夜晚

2020-07-26

疼痛时刻

疼。这个生硬的汉字，像雨水
从白天延伸到夜晚
延伸到书桌、座椅的筋脉和关节

像忧心悬在半空，但绿萝
茂盛，一寸一寸
挤压着我的生活。它暗暗地使劲
很快就要低于这个夏天

拆掉梦境，她仍是我的春水
有水一样的腰肢，水一般的嗓音
所有河流都抱着宽厚的岸

需要一夜大雨，稀释那个汉字的烈度
把它变得比一滴水小，比一滴水淡
需要一种宁静的绿，替换她脸上
苍白的白

2020-06-20

中国地图

一个折叠起来的国家
很薄，也很轻
草原、沙漠，江海、山峰，平原
经纬线，甚至天空

我夹着我的祖国，抄一条气喘吁吁的近道
回到出租房

摊开，在桌子上。就着窗前明月
我轻易找到了
某个村庄里的灯光

2020-04-27

蜘蛛人

他摇晃着身体，一遍遍擦洗玻璃上的云
和自己的影子。那么用力的模样
让人担心
会不会擦断悬垂的绳子

目测他与春天，有三十米左右落差

在另一栋楼里，我望着他
这只变异的蜘蛛
更像一只壁虎，在冰冷的生活表面攀爬

如果他是一块劣质橡皮
在这张直立的纸上，他究竟
是要擦去什么
还是留下什么

2020-03-15

镜　湖

从山上往下看，
镜湖形似圆镜，水波不兴，
映照着蓝、秋天和外地方言的回声。

夕阳落在湖里，无非是以旧换新，
不计盈亏。把月亮
推上山顶的那些人，又被月亮带往何处？

湖在山里，山在湖中，白云和时间
仿佛停止了走动，
聋哑一样，盲一样——空心的、锥心的寂静。

虚构一群白鹭，炊烟飘过山梁，
山风像个无所事事的二流子，出了东家
去西家。

2022-10-05

看 见

总有些悲伤，要被很多人看见

有的人，说过了再见，也会一再相见
有的人，来不及说再见，却是永不再见

总有些悲伤，放在心底
不想给自己看见

却不得不见

2022-03-07

浪　花

是谁在汹涌的海面上开垦，植草种花？
比昙花更短暂的绽放是什么？

浪花是一个半透明的词语，是大海
挤出体内多余的水分
是拥挤的水向高处无声的呈现
是脱离了枝、茎、叶，植物园的废墟

有人说，浪花是卸掉骨头的水
是凌空舞蹈的盐
也有人告诉我，浪花开而即谢，但从不枯萎
可用作白日梦的解药

时间这个伟大的园丁，催开着美
也摧毁着美。当我
置身于这片庞大的花海之中
人世的悲喜与沉浮，已经不用再提起

2021-02-01

良　愿

从美酒中取出酣醉
从歌声里取走谎言

从睡眠中取出噩梦
从伤口里取走疼痛

从悬崖边取出陡峭
从行走中取走跋涉

从眼泪里取出盐。从江河中
取走滔滔，让大水回到天上

允许黑夜有光的照耀，从
不可能中，发现无限可能

2021-07-30

那个磨刀的人

多年前一个夏日，磨刀人
扛着小板凳，走进凹陷的正午
那时候蝉鸣急遽，阳光铺满村庄
充满铁腥味的吆喝声
像刀锋劈开庄里人的午睡
剪子、菜刀、木凿，所有的铁都坚决而迟钝
所有的刀刃，只有在磨光了水分之后
才露出该有的明亮

他串村走巷，好似铁在石头上来回走动
唰，唰，唰
又像身体里骨头互相摩擦的声音
多年以后，如果你在村子里遇到这个
满身锈迹的磨刀人
那就是我，要借助你们的木凿、菜刀、剪子
磨平树荫里一块块起伏不平的石头

2019-01-17

逆行者：早晨从中午开始（组诗）

失眠综合征

凌晨三点五十二分，雨声淅沥

枕边人呼吸匀称而温暖

手机屏微弱的光线照着我的无眠

白日里，北方吹来的风

一路抢了锤子、凿子、钉子

叮叮当当敲打我的身体和神经

敲打黑夜里很慢的时间

新年，新年——

我避开了雨点，却不能避开爱与痛

喝水，吃药，让自己睡去，又怕就此长眠不醒

也担心一觉醒来，夜以继日的担忧

还会侵占生活的正反两面

更害怕的是，风止雨歇，屏幕里

伸出苍白的手，递上远方亲人和陌生人在尘世走失的

消息

2020-02-21

早晨从中午开始

病毒凶猛。继续宅家，我羞愧于
每一个早晨从中午开始
坐阳台上读书，看到太阳卡在双层玻璃中间
也卡在一首悲伤的诗里
有些光线被折断，另外一些
要烘干潮湿的表情，呈现出春天的色彩

平地飞起一群麻雀，竟像一只只
飞舞的口罩
后面跟着一场紧追不舍的大雪
它们落在城市、乡村，落在穿红马甲的卡点
它们用洁净的白，给全世界消毒、退烧

早安，麻雀
早安，湖北
早安，我们的国

时光打了个踉跄，我忘了一日有多长
无论沉睡还是失眠，黎明总会如期到来

总有一些光，会穿透黑暗
无声照亮每一条通往春天的路

2020-02-13

早 春

空城、空巷、鸟鸣戴着口罩
在枝头张望
看见岁月有被堵住去路的仓皇
从来没有一个春天如此寒冷
失血的肺叶，像一场大雪铺在空旷人间

数字冰冷，泪水冰冷
阳光有倒悬的冰冷
捂着祖国发烧的额头，说爱是多么奢侈

在屋前屋后踱步，看小草在风里
摇曳柔嫩腰肢
开窗给世界通风，唱歌给亲人听
用微信，与不远处的朋友互相致意

宅家，看新闻，安静呼吸，轻声说话
再次仰视天使逆行

无数与南山等重的名字，用与南山等高的海拔
用责任、爱与生命
压制每一个高烧的城市

——此刻，我才有滚烫的泪如雨下

2020-02-01

祈愿书：与莫游

连日阴雨，至周六放晴。傍晚，
去木陀村看望莫游。他病体初愈，
如一棵春日返青的草。

我们在庭院里喝茶，给盆栽
捉虫、施肥、浇水。围墙边两棵广玉兰，
绿叶把东南风擦得铮亮。

邻居三哥从门外进来，满面通红，仿佛晚霞
粘在脸上。他从村口小超市
带回快递若干：棉袜、饼干、书籍、药品
以及姗姗来迟的阳光。

莫游沾着泥土的手上，花香正在一点一点散开来。
生活里，总有意外的炎症和痛
令人警醒，而锦绣与芬芳，无论宽厚或细小，

就算迟到，也不会缺席。

第四辑 生活课：非常现实

岁末书：我像月光爬上山冈

这一年，有一面湖泊像镜子

反复临照我的日常生活

它波澜不惊，缓慢流淌，空明的浪花

在我的诗歌和梦里

无声绽放、消隐，像顽劣的童年

一闪即逝

湖水不舍昼夜。船行过后，云彩的倒影

和岸边水草，仍能保持原初的完整

这一年也是四季分明，我分到的阳光

跟其他人一样多

这一年，听到的风声比雨点多

这一年，走路比开车多

在乡下比城里多，眼睛耳朵比嘴巴用得多

粘在蝉蜕上的一声长鸣

在初秋的夜晚，被薄如蝉翼的星光包裹成琥珀形状

当那响亮的美遁世，心怀惆怅的人们集体沉睡
我像一道月光爬上山冈

这一年我没有学会飞翔，习惯倒立或匍匐
沉默多于抒情
悲悯多于孤独

这一年有诸多的相遇和不遇。我终于学会
摁住体内的闪电，像月亮一样活着
乌云做证：我爬上山冈，看到夜色起伏
因为遗忘多于牢记
很久，我才找着下山的路

2020-01-13

第四辑　生活课：非常现实

抬头看见月亮

晚饭后，绕湖散步。抬头看见月亮
月亮照着不明来路的流水
也照着醉醺醺的草木
月亮照着加班的虫鸣，照着我前方的未尽之路
月亮给我高高低低的祖国
披上银亮的外衣

这些年来，我一直
绕着生活的局部转圈。我掸落了头发上的月光
却没有阻止
月光在某一瞬间突然渗入我的身体
像一剂消炎药水

月亮高悬，沉默地
照耀两种人：容易迷路的，行色匆匆的
它难以找到的
是在阴影里捂嘴痛哭的人

2021-04-14

消失的湖水

风把湖水推入暮色中，野鸭子的叫声
便镀上残霞的金黄
木陀山如墨，向湖面倾倒

有人从月亮回来，浑身充满皎洁气息
半透明。他离开我们已经很久

湖边柳树下，总有掩耳盗铃的人
用竹篮子打水，捞取星辰
修补岁月的渡口

次第亮起的灯光，再次带走了他
木陀山如墨，石头和湖水没有什么区别

2022-05-30

一张旧车票

时间仿佛是单腿跳跃着远去
一张泛黄的旧车票，已经离开它的旅途
不能带我去任何地方
多少年过去了？还记得
在五十码的颠簸里，沿途的景物一一后退
旅行者、供销员、病人、小偷……
拥挤的生活像那条砂石公路，风尘仆仆
延伸出无数个可能或终点

白纸黑字的青春里
我有一次孤独的远行，七十码的心跳
无处躲藏
后来才明白，在目的地到达之前
每一段路程
都充满未知的不确定性

一张单程车票回购了一次漫长的旅程
我们一生的大部分光阴
都用在路上奔波，而前程依然迢遥

2021-05-06

有　寄

众声喧哗，我混迹于其间，复制
粘贴的笑容有六分真实

大雨汹涌，灯光浮动
众生喧哗

羞愧啊我，腹中徒有
一轮清冷明月

2021-01-16

这一年，2020

这一年山河有恙，四季长短不等
生锈的石头旁边，我的牛马羊
一遍遍分食着回头草
风雨都很重，压坏通往远方的路
我和我的朋友，无法在坏消息里拔出各自的脚
这境况从未遭遇，使人疲惫而慌张

春天的门窗紧闭。一只戴着口罩的麻雀
站在树梢鸣叫，虚构一片端正的蓝天
我领受的阳光也照拂着每一寸土地
我有落花流水的亲人
逆着光，跟体内的异己拉锯

七月二十八日，我分到的蝉鸣很薄
仿佛被抽去胃和肋骨
我蹲下身去，却搬不动蝉的影
难道它们都长有一副铁石心肠？
坐下来，我也不能成为其中一个

秋日适合写诗、读经、远游
酒只喝到微醺，适合做梦
阳台上的月季，还没开就枯萎了
真相不可见，生活的经验、有限的认知
勉强可用于自我安慰

这一年，我三天打鱼两天晒网
水流进大海就不再回来
谁学会了神秘的隐身术，谁就有可能
脱离秩序和时间

腊八日，雪下到黄昏为止，俯仰之间皆白
我架着梯子，背一锅白粥
要爬到五十岁的高处，去做月亮的男人

2021-01-22

第五辑

此时此地，此刻深情

草　莽

鱼鳞石塘下，野草枯黄、乱石嶙峋
像时光的灰烬里
还有僵硬的拳头低举

这些密密麻麻的野草，更像是钉子
这些密密麻麻柔软的钉子，在惊涛重重的海边
等待浩荡春风来除锈

跟石头和潮水
比比谁的命硬
再比一比，谁身体里的盐更咸

2021-02-27

大海在等一个人

从海洋公园往南
穿过泥泞、蒲草和野鸭警视的目光
走上古石塘
相对于杭州湾的宽度，我心辽阔
装着外乡人的盐、水分与爱

灰蒙蒙的鸟鸣，拉低了天空的高度
算上这只麻雀，树上还剩三张叶子

海水带着鱼群的嫁妆退向远方，用起落
证明自己遵守秩序，且拥有历久弥新的保质期

我曾经看到涨潮，一浪一浪冲击着堤坝
像个倔强却又屡屡碰壁的人
现在，撤退的海水去了哪里？如果
它们遇上别处的海水，是合谋还是各自徘徊？
低下去的大海欠下天空的债务，何时
能用云朵偿还？

风暴和旋涡，都已沉入冬眠期
滩涂上，留下白鹭跐脚走过的痕迹
在白鹭眼里，只有我给它留下人世的宁静
但它看不到我的起伏之心

2021-01-25

荡湾河

让我告诉你，天空是个巨大的堆场——
古桥上塌落的石块、潮湿的棉花，
被阉割的黑蛇萎成一节炭，
杀鸡的牛刀、流窜犯丢弃的绳索，
青烟滚滚的樟树、穷途末路的流水，
外省的燕子偶尔路过，舌尖含着凉透的火种。

矮下去的荡湾村，铁匠的锤子悬浮在
半夜。
又瞎又哑的先人，结伴走在玻璃上。

说出这些的时候，
雨水从地里冒出来，徒劳地擦洗

我的羞愧，
我的哀伤。

2020-04-26

谷雨日，理想主义的下午

午后，雨点均匀下到田地
像播谷。有经验的人
在浑水中也能轻易摸到大地的骨头

雨水落在肩膀和袖口，像秋收时节
谷粒沾上布衣
方言勾兑流水，浇濯一句句春风吹又生的农谚

唱歌的少年，穿蓑衣，斜戴箬笠
即将在牛背上完成一次环村旅行
这小小的江山，足以让他长出一颗草木之心

矮墙边，我种瓜点豆，借木槿扶起东风
叶子很小
日子很大

这一刻，屋檐下的鸟鸣也是湿漉漉的。宜煮茶
话桑麻。温度正好，暮色遥远
适合石头、铁器发芽，慢慢把春天顶翻

2020-04-19

九月书

八月收集蝉鸣，九月
为它们嵌入合适的蝉蜕。
九月，有人重新找回数星星的耐心。
风吹过草叶和树梢，
像浅唱，像有人隔着年份，叫唤谁的乳名。

九月我出游，访友，饮酒必醉。
尝试把酒还原为高粱、麦子和大米，
把月亮敲碎还原为石头。
在木陀村，我揽住接天禾叶无穷碧，抽取
一丝青翠稻香。

九月打着水漂归来，日落的声音
像重逢，像告别。
野菊，一朵芬芳的姐姐，替我
吞下土地的苦与咸。

2022-09-27

流行传唱（组诗）

穿过你的黑发的我的手

月光正好，河水正好。虫鸣
如当年清脆悠长
闭上眼，也能踮脚在草尖上舞蹈

那日剪掉的头发，如今已够绕掌三匝
揉，揉乱。以指为梳
穿过你的黑发，以及其中翻山越岭的霜白
一下，一下
数不清小别重遇的欢喜。每一根手指
都带着低压电流，掌中隐藏暗潮惊心

起风了，豆荚孕育的暮春起伏不平
万物消隐，而你眼神明亮
后来，露水淹没了你瞳仁里那几颗星星

令人眩晕的事情，莫过于月光皎洁
在人间平铺直叙，而我们

同时闻到它的香气。那首多年前的老歌
最好听的一句
我唱给你听：穿过你的黑发的我的手
至少我还拥有你化解冰雪的容颜

仿佛在春风里飘浮
仿佛救赎

2020-04-11

后　来

一场雨光着脚，追上四月。在此之前
我曾许你春光十亩、暖风一吨
许三十年口音不改
如此，每个日子都充满颜色和线条之美

我用桃花和露水喂养夜晚，用以沉沦
人世曾有些微无用的完美

当我走到黑夜深处，我是荒原上
最惊慌的小兽，唯恐被爱与罪万箭穿心

所谓后来，就是那一次未竟的重遇

为了悲伤不让人看见，我在梦里下一场大雪
替换四月漫长的去路

2020-04-16

那些花儿

春风只是路过，就炸裂了那么多的花朵
白的白，黄的黄，红的红
有些像隔年未化的雪
有些像火苗，要把三月点燃，要在谁的胸口

灼出一个小小的洞？没有一朵花只开一半
没有人正好听到花朵的低语
所有的花朵：在三月里睁大了眼睛

枝丫太轻。花朵闻到自己颤抖的香味
颤抖，也不白白浪费
当露水加倍润湿它们的嘴唇和心窝，花朵
不能变成蝴蝶，但蝴蝶已经落入平摊的手掌

没有一个春天只走到一半掉头返回
幻想一个骑白马的人，快要追上三月
快要爬上绿叶

2020-03-21

逆流成河

夜空从未真正贫穷，它积蓄的光
终会还给白天
此刻，湖边玉兰不适合抒情
释放香气的过程，更像是语无伦次的口误

我不知湖水深浅，也未知湖边春色荡漾
只见半个毛边月亮，提着黑夜
顺从流水意志的模样，像被谁爱着，又像
虚度了流水汤汤

漫过我身体的，不是湖水，是湖光
是一场逆来顺受的梦
一声被惊起的夜啼
仿佛一场下落不明的相遇

2020-03-07

星语心愿

我去看过春天的众多女儿。白的白
粉的粉，立在枝头，给人间以明媚和明亮

其中一朵，她走下来
唇上沾着露水，藏身于夏天来临的路口

晚来有风，低眉顺眼，吹拂着她
也吹拂我；吹着镜中整夜不眠的月光

吹到月光，风更轻软。内心的花朵含羞欲放
这严重犯规的美，来自白云

落下雨后的花瓣；她眼睑低垂，仿佛新生
无所求。最好的时光，我祝福她——

这个暗香盈动的女子，我愿她安静而吉祥
一生都要接受蝴蝶的赞美

2019-06-07

迷 恋

在庄柴湖，每到春天，总有一些鸟雀
叫声语无伦次
这些神魂颠倒的流放者
在颠沛流离的异乡，突然生出激荡之心

而湖水缓慢，像抒情的音乐流淌
只有逆着光，才能看清粼粼的波纹

夜晚，提着月亮走路的人
目光在水面逡巡，而他的神色
分明是在星空漫游

总有一颗辽远的心，匹配
广阔的生活
油菜花举着纯金的拳头，推翻贫穷的晚风

2021-03-27

暮色中

多么奢侈——

在黄昏，在村子里，我获得久违的宁静

云朵从天边飘来，仿佛慢腾腾归圈的羊群

一百个父亲打酒回家

一百个母亲坐在土灶后生火

一万里和风浩荡

看啊，炊烟举着庄户人家的热气

往高处飞，代替我们问候那些成神的先人

黄昏，在村子里，麻雀的叫声顺着瓦楞滑下来

左边两棵银杏，右边是盘槐

我像一株幸福的樟树，闻着自己的木香

一百亩莲塘荷叶飘摇

一百个少女含羞欲放

一百万吨月光即将平分给世上万物

一切爱与恨，都变得云淡风轻

这样的时刻，我远离孤独，获得持久的安宁

2021-06-14

枇杷熟了

在金黄的麦香里，枇杷熟了。
唐坊村三十亩枇杷，密密麻麻，看起来
连影子也挤不进去。
叫白沙的，淡黄；叫大红袍的
捉住了上午的阳光。

"穿过两棵百年黄桦树，就是果园。"主人弯腰
揉搓着裤管上的泥巴，告诉我们
"唐坊，古称糖坊。"如今，门前的小河
改变了流向，
而甜蜜的事业，总会得到传承。

我们走在枇杷树边，内心升起无数小太阳。一块白云
以肉眼可见的速度坠落下来，
未及吮吸自然的香气，就被池塘里的鸭子分食。
风在吹，蜜蜂和花朵
保持着同频的心跳。

村庄是大地结出的果实。庸常的日子里，
更多的果子
被光和雨露恩宠，
黄的更黄，红的更红。

2022－05－25

清明辞

春风有信，雨落青山
这雨从唐朝下到现在，仍不负责
稀释人间悲苦

柏叶自顾自绿，梨花自顾自白
天边来人，收受香火
眼里溢出一万吨倒春寒

我们各自拔草，各自泥泞
举目望去，每一张欲断魂的脸庞
都是我的至亲至爱之人

2020-04-05

秋天快要过去了

从木陀山下来，经过木陀寺，经过木陀村
木陀河流着
流着，就往冬天的方向去了
水从水里递上月光、晚课的余音和稻穗的黄

风吹过杉树林后，就停了下来
不重复的水，重复地流过四季

秋天快要过去。坐在自己面前，"我愉悦
"而伤感，似乎
"仍怀有一颗待修葺的少年之心"

给莫游发微信：时间
比秋水流得稍慢些，叫上李白，再叫上稼轩
带酒，速来。至微醺
可取三百亩稻香与明月光回家

2021-12-27

水边的黄昏

像小时候坐在石埠头，甩脚打水花
不经意改变了光的秩序
那落日——
羞于从倒影里承认自己的模样

轻声唱歌，看鸟在树上筑巢
短促的鸣叫落在水面，泛起小小涟漪
但湖岸限制了诸多游离的想象

暮色垂下来。在星星长满水面之前
凝神倾听，仿佛
有几声呼唤急切，穿过夜色和岁月
在喊少年回家

2021-09-26

顺着流水，去看望春天（组诗）
（献给我的故土与亲人）

荷塘月色

月亮把光倒在荷叶上，发出
沙沙的雨落之声

仿佛走在大地的边缘
仿佛父亲在草木深处

唤我。多少年了，他举着越来越薄的月光
照着我

和飘摇的荷叶，照着一群青蛙
集体的鸣唱

2020-06-21

画中人
——给外婆

她的眼睛曾经被烛火点亮，如今
黑得黯淡，仿佛无所思
木鱼也不敲，钟声也不敲
朝南的门敞开着，灯也开着，花也开着

筜帚斜倚在墙根，被蛛网缠绕
像纺车吱吱地空转：时代淘汰了她的手艺
光和声音，都是必要的浪费
她守住了寂静，老去的人在遗忘和

被遗忘中。叶落了几遍？纪念日面目模糊
她慢慢走下来，仿佛走在往回的时间里
院墙高处，西北风坚硬而月色
温柔。两手空空的爱，无处安放

2019-03-23

空　旷
——给父亲

谁能听着雨声看到日落？落日
何时比人世圆满

它跌落在山谷，河面，轮下，或者你想去而没有
到过的草原，有谁听到过悲怆的回声

夜鸟徒有一身高飞的力气。难道它
还能在我不能企及的高处
扑灭黑色的大火？它扇动的风
吹我，像吹着宽大的树叶

临河的夜宵摊，我迟干为敬
饮下月光勾兑的微澜
保持对一个死者的尊敬和缅怀
远处，星星擦出火花，春雨般密集的光

在扭曲的时间的低处，我曾经代替你
死去一回
那时候人潮汹涌，寂然无声
你像一棵水杉，落光了叶子，却突然被风
吹动树梢

2021-06-20

麦秸草帽

每一顶麦秸草帽里，都住着一个
低头不见抬头见的祖父——

譬如此刻，他们
戴着贫穷的屋顶，分配劳动和天空
收割遍地阳光的秒针

西南风吹来的夏天
终于后退了一步

当草帽和祖父一起坐在田埂上
我确信，它的沉默里
装着整个村庄的幸福与孤独

2021−06−23

岁末回墙圈里村

仿佛只有这一天才能回去，
仿佛这一天必须回去。
在此之前，我借用一双鸟的眼睛，
但是飞得很慢，只动用五十码的心跳。

四点半的太阳有久病未愈的苍白，
照着越来越长的路。

村口，石碑还在维持一厢情愿的秩序，
依我看来，它的骨质疏松已无药可治。
村庄有河，转角处进退两难——

不用于浇灌，不能饮用，

也不允许回到天上。

多年以前，顺着流水可去看望春天。

野草随风吹倒下，归顺于大地。

香火如雾，而悲伤是玻璃上的一条裂痕

突然生出挣扎之心……

直到父亲在云层上轻声唤我，

他衣衫陈旧，

告诉我："迷失和遗忘，即等于背叛。"

2019-12-31

一　半

酒喝到一半，突然失去兴致

想起今天工作完成一半

回公司加班，路走到一半

晚风递上的草木之尘土气，一半被风吹走

河流的一半是天空

月亮的一半是离愁

低垂的眼神，一半灯火一半冰凉

路过村庄，从田间走上晒场的稻谷

一半用以果腹，另一半用来酿酒

我有一半亲人，在田埂走完一生的光阴
我有一半姓名，作为叛离者
被一个完整的地名通缉

2019-11-11

雨后回乡

这么多年，我把得到的雨水
用以清洗回乡的路，使之整洁、明亮
也便于通向更远的地方

从来没有一条路会被风吹薄，尽管
它穷得只剩下水渍和一个我
树上掉落的鸟鸣，迟疑地叫出我的名字
西、西，周、西西
此刻，稻花吝啬地释放出一点点香气

道路的拐弯处，有一条失火的河流
心跳被跃动的鱼群替代

鸡鸭与狗都亲切，它们指着我议论
"看这个中年男孩，他笑得
"开心，可脸上全是泪水"
"是的，还来得及，他还能回到他的梦里"

还乡并非做客。月亮如故人
水与火
在我体内的砖井里沸腾

2020-08-21

再次写到墙圈里

下载一个导航地图，无意中看到墙圈里村
像一块青黄不接的土布
我离开它很久，梦里回去过几次
泛滥的春光里，生长一片辽阔的荒芜

父亲从天上回来，带着光和雨水
喂养他的孩子与庄稼
他用过的锄头，木柄上又长出枝叶
他走过的田埂，跟我的怀念与孤独同样漫长

我再次写到墙圈里村
是因为一个遗弃了锄地、割麦、养蚕这些手艺
的叛徒，终于被云朵擦亮了眼
而生出愧疚之心

2021-07-03

星光乍现

在湖心亭喝茶，听风虚构旖旎。
落日跌入水里，没有发出一点声音，
也没有泛起波澜。

荷在微微晃它的青瓷大碗，
我们凝视的酒具。
莲是个好听的名字。打折的往事

模糊，但倒刺正一点点往外退。
我们说到身侧的空位置，风突然
安静下来，星光乍现。

2019-05-23

于是中秋

一年中唯有这一夜，月亮会沿着自己的光
向人间滑下来。
圆并非一种固有表情，但它照亮山川
河流，照亮了空和满。

叫婵娟的那个女子，当她说出"圆"，
就是先后启开嘴和唇；
她饮酒、唱歌、叙事，方言皎洁。

如果此刻有风，"慢"就会成为一个
看得见的动词；
"很慢"的里面，有清辉沉淀了足够的耐心，
等那个人，入座我们内心空着的位置。

2022-09-11

最美的黄昏

蝉鸣之间的留白越来越大
河边，那块大石头站起身来
压住气象预报里的大风

夕光中，她们在石埠头淘米、洗菜
互相纠正散乱的目光

直到一叶叶扁舟浮现

远处的天空，斜斜插入地平线
风里伸出湿漉漉的手，渐次点亮渔户的灯

2018-08-27

庄柴湖

1.

一条河流经许多地址，来到这里
变得宽阔，细腻
被赋予好听的名字：庄柴湖
与私奔的爱情有关，与沉在水底的姓氏
也有关
河流就像一条永不回程的单行车道
而故事落地生根

湖水本身没有色彩，因为传说过于真实
令人心碎
这片充满弹性的水域，美
因此有了意味深长的形状和面积
扯块白云擦脸，有更多的光列队回往天上
蓝浮出水面，或沉向湖底
浮游的鸳鸯惊讶、心悸，突然
变得透明

2.

清晨，白鹭衔着波浪形的阳光
绕行大半个庄柴湖
它的投影，使湖面发生微妙的倾斜
并且溅起水花朵朵，但我质疑对"花"的定义
绽放与凋谢，从未被用于
无根的事物

鱼群往更深处搬家，游动的样子
像舞蹈，也像飞翔

3.

唱渔歌的人和编竹篮子打水的人
都已不在原地
传说他们抱着石头，在湖底为风俗引路
为了篡改结局，鱼长出新的耳朵
静待柳暗花明

如果我们看到湖水在大雨中暴动，闪电
像蛇一样游过
揭竿而起的必定还有岛上芦苇，风中

凌乱的旗帜，像素衣
白茫茫

4.

很多次我站到高处俯瞰庄柴湖，发现
两岸村庄，白墙黛瓦皆齐整
炊烟修筑向上的路，以丈量大地到天空的距离
而庄柴湖，看起来就像
一块散布裂痕的玉

看久了，幽蓝的湖水在体内不停起伏
水草无声摇曳
搁浅的小船在风里动身，慢慢驶向黄昏

5.

所有的水都是到此一游。热泪盈眶的水
从水里跃上水面
水挤着水，水踩着水，水托举水
只有坚硬的水，才能
在暗中弹奏柔软的曲子

打开那本无字的乐谱，没有一滴水是多余的

6.

在庄柴湖，落日的纵身一跃
从不发出声音
没有月亮的夜晚，湖光
照亮了草木、虫鸣、鸳鸯桥、天空和农历

流逝的不是水，是两岸的人物和情节。久远的故事
保持了原汁原味的乡音
多少年过去，每一个七夕的夜晚
月光单薄
所遇皆良人，又白又慌张

2022-06-16—2022-06-17

第六辑

生活课：水云间

白云阁登高

海拔三百五十米的早春，寒意料峭
白云阁行人罕至。我从山下来
每上一层，就向天空近一分
更高处，风声清寂，托着白云缓缓游动
几只鸟雀向下，飞往低处的人间

山林苍郁，湖泊泛起微光，仿佛
旧日模样。只是时光如悬崖
故人已抱着石头离开
白云阁像一枚钉子，揳在坚硬的时间里
又似一只悬置在生活中的空酒杯

此处晚霞过火，蝴蝶远遁
缘木求鱼的人不宜久留。南山寺里
带发修行的银杏
只管见证，不问抒情
山腰传来鸟的歌声，有坠落，也有上升

2019-02-23

泊橹山寻磨刀石不遇

泊橹山五个山头，由东北向西南
滑去
大地的一个拳头张开，至今没有收紧

在密林中，我们的交谈一次次被藤蔓和枯枝
绊倒，手掌沾满鸟鸣
回弹的枝条，最终保持了安静与平衡

空心的竹子暗藏一节节阳光和风声
我听了又听
它们对磨刀石的下落守口如瓶

第三峰下湖水清幽，看不清
是否还在流向时间的下游。难道，是昨晚
泊橹的那条船载走了磨刀石吗？

当我们走累了坐下，那是一块大石头上
安放着四块小石头。这一刻
我们呼吸一致，拥有相同的表情

船已靠岸，木桨回到山林
对于这个世界，我心怀善意
不再有刀可磨

2021-06-06

东沙古镇

东沙古镇穿过洋面，穿过风
来到我身边
干净、慈祥，像露水洗过的清晨
它看了我几眼，带着盐、鱼群和蓝
走进我身体里的解放路

天空晴朗，倒映着秋天
浪花开得很慢
海面上升起的帆，是东沙镇命里的闪电
是时间撕不毁的存根

给咸鱼翻个身，看它摇着尾巴
游进渔业博物馆，叫醒沉睡的族类
星辰纷纷浮出水面
为我们递上光和浪花

老屋还是老旧的样子，石凳上的鳗干、海石花
像晾晒着一片海，或一场
略大于沙滩的梦
我用贝壳作币，买走云朵样的阵阵涛声

2020-11-09

冬夜有雨，在笙塘镇

提前到来的夜晚，凛冽如一百个冬天齐聚
还有一场雨，细密、宽广，落在不同的地址上

与笙塘的冬天对赌，我输掉一块手表
若干石头，和一截流水

手表尚有体温余热
石头早被磨平棱角

小酒馆少年篡改了西西的诗句：所有的房屋
都像贝壳。流水淹没了月亮

我松开内心的发条。一盏盏街灯
用湿漉漉的照耀，填满笙塘镇所有街巷

而西北风已生锈，像呜咽的合唱
他要经历多少这样的大风，才能长大成人

2019-12-05

对木陀老街的一次重访

一阵风经过老街
风里伸出的手，把瓦楞里的草摇晃几下
又扶正。灰色墙壁上
嘴里吐火的鱼群，队列参差地游过木陀河
更早的风，吹走了岸上的
人物、情节和时间

几只不明户籍的鸟雀拍打着翅膀
假装在飞。跌跌撞撞的叫声，没有叫醒
木格窗后的雕花老床
也没有叫醒木陀寺的铜钟
已经是下午，仍有无数新鲜的光从叶片中漏下来
新邮差骑着哐啷作响的电动自行车
悻悻地，茫然于无从投递的地址

我能看到的声音极为有限，春天进入老街
也会迷失方向。整天
醉醺醺的酿酒师，喉咙里含着起伏的波浪
他告诫我：不要随便议论时光

锈，是生活里的常见病
只有蓬勃的雨水才能擦亮老街的面孔

我来过的地方还有人会来，我没去过的
有人代替我去
老，是如此狭窄、孤独
当另一阵风从内心卷起，我拖着长长的影子
又年轻了一回

2021-07-12

对西塘的N种开放性描述（组诗）

河畔饮酒记，与莫游

夕光从廊棚上泄下，在河面流淌。
微风伸出双手，递上
不知名的花香，
暗香盈袖的过程，隐含语无伦次的欢喜。

启一坛善酿分饮。花生一碟，伙同
酱爆螺蛳、荷叶粉蒸肉……
美食、美景与爱，均不可辜负。
听，安境桥下的微澜涌动着黄酒的香。

夜色如绸缎，沿着石阶滑下来。
一盏盏灯，从丝质的水面
捧出古典的光晕。
微饮而酣，还能与时间保持虚妄的平衡？

月亮升起来，像一句旧时代的歌词。
唯有饮者可以越过边界。

除此之外，还有谁能够攀着月光的梯子，
去抠出夜的鳃与鳞片？

2022-08-06

石皮弄

"由216块厚仅3厘米的石板铺设而成。"
"全长68米，最宽处1.1米，
"最窄处仅有0.8米。"

设想
两个胖子在此交汇，需要一块透明的镜子
将他们隔开。

它短而逼仄，一个人随意站着，
就成为"破弄"中的景致。
风不一定陡峭，也有可能沿着3厘米的时间，
走马观花地掠过。

喝过西塘的酒，微醺和大醉几乎是同一个概念，
出离的身体
恍惚已被陈年的传说卡住。
从天而降的光，照着无数幽深的记忆。

2022-08-03

塘东街

拐弯进入塘东街，仿佛
艳遇一场灯光秀。

伸手就触摸到了光，夜幕下的迷雾与激流。
慢摇、酒精、鲜花和星星。

光涌向更多的人。我的耳朵
大约能分辨七八种光的声音。

"秀"是表演和展示，"光"
出于时间的自我反问，并且跳出暗黑的圆。

有人试图拒绝、抵抗。
鼓点、呐喊、尖叫，穿透波光粼粼的夜色。

举头望见星空辽阔，肃然、安静，
没有惊动塘东街头任何一个人。

2022-08-07

西塘的早晨

草叶上的月色已经褪尽。我坐在树下，
和影子们谈云。
胥塘河里飞出白鹭，两只脚
轮流拨弄波光潋滟的秋天。

晨曦照着西塘的塘，也照着塘以外的事物：
瓦当、露水、田歌、蝴蝶、闪亮的心……

天空打开了它的大门，西塘
离蓝很近。
"怎么会有这样一个清晨，像初恋般
"让人欲言又止，又心甘情愿地沉沦？"

开花的开花，涌动的涌动，发呆的
发呆。
一枚玲珑盘扣从热气腾腾的早餐中起身，听见
门外递来五颜六色的方言。

2022-08-10

雨中过卧龙桥

雨明亮、易碎，像玻璃。
雨是过时不候的风景。
乌云无限压低天空，卧龙桥就像空悬
在河道上，略高于半个西塘。

是什么，托举起这些隐藏着光与传奇的石块，
托举我们离地三尺的行走？

雨在河面弹奏，在天地之间弹奏，
西塘这口大钟，被密集地敲响。

走在卧龙桥上，我们被淋湿，伸出的手掌
接不住一滴雨。
雨在雨中，打开透明的翅膀。

2022-08-12

和莫游在大桥公园

莫游，所有寺庙都长着相似的脸孔
永宁禅寺是公园多出来的一部分，用以填补
故乡缺失的一角
大和尚端着钟声从殿前走过
灰色僧衣带动风
我们凝望的大桥，被时光流放至此
陈家港并未因寒冷天气改变流向，我按下心底水花

少年被阳光追赶，从桥下向上飞奔
仿佛那颗倔强的心里，长有一对翅膀
掠过流水而没有回头
我愿意把他交给你，莫游
一切梦想都应该匹配闪亮的长夜

当钟声响彻整个公园，一些花顶着凛冽
轻声细语地开了
沿着明镜似的水塘再走一遍
莫游，且看我无中生有
为你指出一条通往春天的路

2020-01-18

立春日，在莫渡山居喝茶

立春日，天空不设任何伏笔
放下一件件明亮的东西和虚构的事物
麻雀学会了木陀山方言
但还存在偏执的部分，细枝一弹
就是一个模糊的颤音
意味着它们
不能准确辨认出树梢上的第一缕春风

本地红茶沉在壶里，身躯紧致
如木陀山的石头
具有脱尘之心

花猫从梅树下跑来，眼里闪着星星
只跟莫游勾肩搭背
这一刻，阳光在杯里摇晃
屋檐和瓦楞，看不到雨水流过的痕迹
我松开身体里的发条，听见木陀寺的钟声
提前释放出三万只蜜蜂

立春日，木陀村的墙门、草地和小桥下流水
被来来去去的语气一再抬高

树叶的掌纹正在生成
他们看到的春天，比一声鸟鸣大
比莫渡山居小

莫游的诗句，总有飞起来的可能
把它们拉下来的，是我谈到了
尚待整修的屋顶和邻居大哥脚上啪嗒
啪嗒的高筒雨鞋

2021-02-04

秋日笔记：局部的平静与澎湃（组诗）

北里湖

有时候，所见未必真实——

下午，暖阳高悬，湖面上
却起了白雾，
有一种说法是：秋天的北里湖，诸神休假的居所。

手摇船从渡口滑向镜中，隐没在雾里。
稍后消失的，是草木、歌声、老茶厂
以及湿漉漉的时间。
集体的鸟鸣突然炸裂，几乎暴露
"生活在别处"的秘密。

白雾起自何处？它是否
就此掩盖北里湖的心跳？

橘园里的灯盏尚未彻底点亮，但它们
透过枝叶缝隙，照见我跌跌撞撞的少年时代——

河流纵横，白雾茫茫，
鱼群闷头赶路，而风声此起彼伏。

2021-11-04

九月三十日纪事

又一个九月过去，像一扇门合上
落锁。铁，会生锈
时间的斑点，如我们在人群中
无处闪躲
广场旁边的卡点，未经允许不得通行

我去看望的大海，已经涌上些许凉意
白塔山还在一个劲地绿，它怀有
不白的理由和决心
难免让人怀疑，一列绿皮火车行驶在海面上
试图压住局部的澎湃

云层一再汹涌，奔跑的光
滑进浅薄的午睡
上网买半斤秋茶，用一个虚构的地址收货
村史办限制了我的想象
消逝的事物一一回到眼前

秋风揉搓着草木，递上银桂的乳白色香气
和隐匿的星辰
路人乙喃喃低语：还有
"两天南方的好天气"[1]。挂在心里的那个月亮
该圆时要圆，该缺时就缺

2020-10-02

岭上秋色

多日以前，我支付了细雨、繁花和地图
向木陀山预订一桌秋天
当我爬上山顶，就遗忘了来路

风声有点黄了，嗓音里含着嘶哑的微咳
阳光扶不住野草。晃过去的
还会摇回来
这高处的大海，用茂盛的流淌抵消了涨潮和落潮

秋风里站立或匍匐的，是数不尽的亲人与故人
远眺，仰望
更多的山头，荡漾永不停歇

---

①引自里尔克《秋日》。

是什么力量
把鹰像一枚钉子，砸进天空那块蓝色木板的深处
陡峭止于高远

在木陀山
人世无须再提。群峰托举的太阳
给群峰披上光芒和阴影
当它落入山谷的一瞬，传来秋天金黄的回声

2020-09-15

秋日微雨，与诸友入功臣山

秋日的树林依然蓊郁。沿石阶缓步而行，
越往上，越有一种下沉的感觉。
钱王驾着薄雾，回到了朝廷，
双手沾满海拔一百五十七米的鸟鸣。

影响我们登高的，可能是受损的膝关节，
也有可能是路。生活
往往充满不确定性，W君说话像松鼠般跳跃——
不要对着历史拍照，在云翳背后
还有金戈铁马的风声涌起。

当我们注视着功臣塔，它以壶门做眼
凝视着山下临安城。

那口叫"婆留"的古井，因为被围栏挡住
走不进山前博物馆，
但是它换来一点点雨，打湿了钱氏族谱的封面。
L君趴在井沿上，擦了半脸光阴的尘埃。

我看见下午缓慢地转过身去，光
完整地照到了我们，
落日如铜镜，仍需仰望。

2020-10-20

秋夜，独行于庄柴湖绿道

只有月圆之夜，我预埋在水底的闪电
才会闪现它拐弯的光亮
在荒凉的水中，鱼需要不停游动
才能打开前方的路

而我就算站着不动，路一直在脚下
转身望见墙里村灯火隐现
也可能通向钦城集镇、海盐县城，以及
更远的地方

风吹过河流。风拽着河流从他乡来
——夜钓者强调：这是相同意义的表达

他孜孜不倦，致力于跟流水平分秋色
却一直没能抹平体内微澜起伏

那个被谁锯掉一半的月亮，散发着清冷的银辉
这么多年，它终于没能逃出人间

2020-09-28

十月三十日，与友人夜访木陀镇

此刻夜深，但应比木陀河
稍浅一些。我们无意冒犯这纤薄的寂静
也明白月色
如危崖，美而不可久坐

过广福桥，凭栏，算是摸着石头过河
却无须知晓，一条前朝遗传的路
终将通往何处
我们中间必有一个是随着流水回溯的古人
那对似睡非睡的石狮子，是否
还能辨出他的面目

临街的窗户总是半开半敞，秋夜南风清瘦
吹走的，又岂止是
声音和时间

再饮。木陀河沿着光影

游入杯中

餐桌长而宽阔，足以供我安放一夜流水

2021-11-28

在海岬公园掷漂流瓶

画一个海上日出

写下三行波涛起伏的诗句，写下自己姓名

把纸塞进瓶子，再灌一点风

电话号码就不留了。你若捡到

请大声朗读异乡人咸腥而辽阔的心情

逆风飞翔的瓶子，存储着阳光的温度

我记住了它的轨迹：抛物线的最高处

无限接近日落、虚设与向往

我仿佛听见"咚"的一声，落在

下午五点的心跳上

东张西望的脚，踩着海浪的声音

倒回十分钟：有一个句号

迟迟不能落笔

一片白到令人眩晕的云朵，骑在一个瓶子上

慢慢拖动大海沸腾，群峰汹涌

这几乎是一个伟大的奇迹——
群峰沸腾，大海汹涌，而时间静止不动

2021-10-11

在南木山看到乌鸦飞过竹林

和吴大在南木山捡松果，低头
看到一片落叶抵住了秋天

守林人叼着草茎说，每一块石头里面
都耸立着一座小小的山

山里有些事情，没有开始和结束
还有些事情，从结束才开始

"你们问那个走私白云的人
"他偷渡去了树桩里面"
一只乌鸦从树上飞起
整片竹林都在振翅

吴大，你知道吗，一只乌鸦的身上
有几种黑

2020-09-11

秋日，再登木陀山

1.

山歌般婉转的小径
也有向上的方向。徒步木陀山，
气喘吁吁的眼神里，
群峰有不再年轻的远，以及高低不平的心跳。
登顶后突然发现，
已经是秋天的顶点，再高处
是虚空，
是无止尽。

这一次，不是我登上木陀山，而是它
自己走到我脚下。

2.

惯于在低处，我心中有尺
知高低。

3.

秋风是自然的馈赠，大树也是，水也是。
说到瀑布，莫游认为
直立的奔腾与汹涌，值得敬畏。

他说观瀑布，应在低处，
噤声。

4.

群峰像时间的褶痕，一浪又一浪。有没有一杆秤
能够称出
阳光的重量，能不能称出
木陀山的沧桑？

5.

木陀山，如果我是一条潺潺的溪流，
就有了和你细水长流地谈一谈的资格。
如果我是一棵苍翠挺拔的樟树，
那是最大的石头长出了自己的叶子。

6.

木陀山，我来过，
今我又来。
今我离开，留下身体里的陶渊明。

2021-11-09

山中夜行

晚风吹动明月。一只惊飞的鹰
把天空拉得更为高远
没有什么光线能够系住它的飞翔
涧水拨开杂草往低处而去，石块和树根
都无法阻止它流淌
晚风吹着我，推着我，去践行翻越的渴望

也可以说：一座坚硬的夜正要经过我
缓慢，孤独，汹涌
很多东西都隐匿在黑暗里。能够从集体中
区分并且找到我的，只有月光和神

上山的路，比山里的夜更长一些
仿佛置身于海上的跌宕起伏
来不及登上峰顶，一颗流星与我擦肩而过
树影婆娑，好像更多的山峦正在升起

2019-02-11

夏日登高阳山

不是风提着鸟鸣上山，而是鸟一再
衔着风声搬来搬去。
向上的路被磨得像好天气般发亮，
通向无数个可能或终点。
孩子们白鹭一样闪过，群峰大呼小叫。

在白云阁，我轻易获得荒野的光与寂静。
草木之绿层层流淌，
掩盖了半跪半坐的云岫庵。
一声鸟鸣把风声搬下山，
一声鸟鸣把我叫成一个孩子。

2019-06-26

新篁镇

你说这是个很春天的名字：新篁，新篁
多么好听
登上大中桥，我们看到的民居、石板都是旧的
太平寺是旧的
桥下流水皱纹稠密，轻声用方言流淌
石埠头多白云，触手可及
蜜蜂给老墙捎去口信，却欲言又止
我们用高低不平的脚步，瓜分竹行弄的阳光

风吹万物生。黄铜的钟声落满四野
油菜花举着低低的火焰，朝着远方一拜再拜
——无论远眺还是近观
你都如一片新生的竹叶般安静，接受抚慰与偏爱

走私旗袍和青苔的老板供认，他是道光年间的书生
私藏了三百亩前朝月光
鲜活的事物，不被允许成为遗址
好事者虚构一片竹林，虚构一座庭院深深

桃花一夜开遍天空，柳树忙着散枝
这鲜艳的大红大绿，就像一首
俗得发腻的情诗的开篇

2020-03-18

烟波峡

采石工人们沿着炮声余音，
退到草叶背面。
他们在此消耗太多时光，也没有空闲看鸟飞。
迟到的人还在路上，在汽车尾气里
闻到硝烟的味道。

矿坑幽深，如一块硕大的伤疤，
听说已不打算愈合。
拍电影的人和采购石料的人，不是同一伙。

此刻微风荒凉。"小王庄"门楼后面的阴影，
仿佛刻意躲藏的一大块黑夜，
而阳光也照不到双脚踩住的部分。
"清风寨"，看起来比三十分钟更遥远。

这群散兵游勇，终于没有成为烟波峡的石头，
也没有成为风景。

秋天只顾吹风，把
我们
像沙砾
一样，吹下山去。

2019-12-15

夜宿木陀山

海拔六百米的草和荆棘，荣过了又枯
石径人踪灭。很多年前
一只老虎吃光了这里的野蔷薇
木陀山，穷得只剩下一些根

北风吹着，天空更加空阔了
星辰各自归位
樵夫在树根里沉睡。磨刀的石头
上面，长满枯燥的青苔

乌鸦拍打着翅膀，跟夜色比黑
枯枝晃了又晃，像一杆遗失秤砣的秤
无力称出它自夸的荣耀

我沾满尘土，宿于此，无非想要
离月亮近一点
离还没落下的雪，也近一点

2020-12-18

雨中登木陀山

我从没有爬上过木陀山顶。这一次
爬到一半，雨水切断了上山的路
在山腰凉亭，我盯着一棵松树的疤出神
像眼睛与眼睛对峙

——假如有人看到这情景，会不会
把我俩当成反目的兄弟

至少有一百棵树孤立了我
至少有一百零一吨的乌云笼罩着我

——春天，草木茂盛，适合把其中一棵
移植进身体，消解另一种荒疏

我只是这么呆呆地想着——
下了那么多雨，天空会不会更空
湿透的山丘，有没有让大地变得更沉重

2020-04-20

在白荡漾坐手摇船

白荡漾的南风很薄，阳光也很薄
橹声又厚又重，盖过乌龟墩飘起的杨絮
灰鹭的叫声从林间次第升起

在船舷边，我划动手掌劈波斩浪，带着
晚来的歉意。水从水里跃上水面，南墩之南
一片连绵的鱼簖沉浸在微微的颠簸中

一群人坐在白云里荡漾，确信
更多的光出自流水和草木，并不随波逐流
我们探讨元宝墩的面积，却疑惑于

如何区分这夏日的左右两岸
河水与岁月一起流淌，树木的根须紧紧
抓住泥土，像多年前悬而未决的钟声

时间流逝的证据，有的已经沉没

有的还浮在水面上

我没带走云彩，只私藏了几句越飞越蓝的鸟鸣

2019-05-26

在丰义，春日迟迟

丰义有山，春日迟迟，大地板结的脸
有一半的松动。风到山前就止步，
樱花烂漫，但开得克制。有几只蝴蝶停在上面，
又飞走，像走马观花。
月湖的水位又高了些，白鹭深一脚浅一脚
试探丰义的体温。
正午时分，阳光明显响亮起来——
从来没有一种已知的美，被允许白白浪费。

矿洞幽深，有人逆行而来。
他告诉我，石壁里还存留着开山采石的喧嚣余音，
有轻快鸟鸣，以及竹笋破土的尖叫。
——更多的时光与事物，在此被重新提及。
错肩而过的那刻，他又说，在丰山，我们不过
是石头粉碎后的别称：石子、瓜子片、四分子……

丰义土地上长出的丰山，难道仅仅
是为了拉低与蓝天的距离？
在"飘楼"的平台上，我们饮茶小憩，看到

茶花明媚，胖嘟嘟的白云四处闲荡。
危险的事情往往令人迷醉：几万米深的春天，
簇拥着八百亩茶香。

2019-03-29

在路仲古镇

黄铜的钟声还在银杏树里回荡
而敲钟人已在条石下沉睡了百多年

悄然返青的草木，看起来
像曾经移动过一点位置。哦，春天在延伸

园子里的油菜花，酝酿一场黄金的暴动
被风吹旧的地址，需要置换一颗火焰的心脏

往前的每一步，都暗合唐诗的韵脚
幽栖亭下，鱼儿带着宋词的婉约缓缓穿过德风桥

两只蝴蝶飞到渟溪港中间，惊讶于
倒影失去斑斓的颜色而匆匆折返

我运来别处的光和花香
至于虚度光阴，那是后来的事

隔岸观火的人啊，我愉悦而伤感
仍怀有一颗待修葺的少年之心

2020-07-04

指南村色彩指南

落叶如崖，崖的背后是什么？
云雾挂上马头墙
古旧的继续古旧，沧桑的仍然沧桑

山风陡峭地划过绿叶，此起彼伏的喧哗
让人怀疑，它们
是否在酝酿一场挥金如土的盛宴

黄灿灿谷香从梯田里涌上来。每年秋天
稻米总有办法走上生活的高处
每粒粗糙的谷子，都包裹着一颗洁白的心

天池晃动着好天气般发亮的水
柔软的蓝，慢腾腾走过石头和草尖
把季节往后推迟三米多——

红叶是通往深秋的秘径，那口
一千年前的古井，成为指南村走漏风声
最大的漏洞

在指南村，你遇到的每一个手持相机的人
都是劫色的大盗
他们眼神迷离，燃烧着爱恨交织的火苗

2020-10-26

庄柴湖暮色

远远望去，庄柴湖暮色陈旧
芦苇向北风交出白旗，它们内心
长满皱纹，涌起虚无的波浪
划向月亮的小船松动紧绷的湖面

湖水有轻重之分：被雾霭压住的那一块
明显低于鸟鸣的寂静
再深处，鱼群游动的样子像舞蹈
但更接近于飞翔

如果它能悬挂，就是镜子的赝品
如果它能倒扣，就是荒谬的大雨
逆行的光从水里回到天上

浮云慈悲，托举着野鸭的叫声
落日和湖光各退一步
大团大团的阴影，仿佛燃烧着漆黑的火焰

2019-01-22

后 记

✦

风过耳，倾听光的声音

关于光的声音

雪后，和莫游走在湖边，突然有阳光从云隙漏下来。有风从远处吹来，湖水静默，湖光粼粼。不说话的时候，微一闭眼就能听到光的声音。

试试。你也听得到。

友情提醒：还有一些光的声音，不是用耳朵能听到的。

关于莫游

莫游不是单一的个体，是很多人的合体。如果你愿意，那么他就是你；也可能是今天的他或昨天的她，还有可能是前天的我自己。

关于木陀

莫游读到我的诗，让我带他去木陀山。

有一个地方，叫木陀镇，下辖一个行政村，叫木陀村。有一条小河缓缓流过，那就是木陀河。村里有座山，叫木陀山，山上有座小寺，它叫木陀寺。然而，我未知是否真的有个地方以"木陀"命名。所以，它可以是我的出生地墙圈里，也可以是我的居住地庄柴湖，或者是你想象中的任何地方。

你想去，或者你去过，或者你曾经（现在）生活的地方——

木陀镇，木陀村。

山可以虚构。河，当然也可以。

莫游，也可以。

关于周西西

《如风吹》出版之后，四年时间一晃而过。一如既往地愚钝、懒散，做梦多于写诗。

一如既往地，被风吹得不知西东。

山是山，水是水。山也不是山，水也不是水。

风过耳，月明星稀。

听见光的声音。

2023-12-16